全民微阅读系列

嘴巴里的栅栏

游 睿 著

江西高校出版社

图书在版编目(CIP)数据

嘴巴里的栅栏/游睿著. —南昌:江西高校出版社,
2017.9(2020.2 重印)

（全民微阅读系列）

ISBN 978 - 7 - 5493 - 5876 - 2

Ⅰ.①嘴…　Ⅱ.①游…　Ⅲ.①小小说—小说
集—中国—当代　Ⅳ.①I247.82

中国版本图书馆 CIP 数据核字(2017)第 215529 号

出 版 发 行	江西高校出版社
社　　　址	江西省南昌市洪都北大道 96 号
总编室电话	(0791)88504319
销 售 电 话	(0791)88592590
网　　　址	www.juacp.com
印　　　刷	永清县晔盛亚胶印有限公司
经　　　销	全国新华书店
开　　　本	700mm×1000mm　1/16
印　　　张	13.5
字　　　数	180 千字
版　　　次	2017 年 10 月第 1 版
	2020 年 2 月第 2 次印刷
书　　　号	ISBN 978 - 7 - 5493 - 5876 - 2
定　　　价	36.00 元

赣版权登字 -07 -2017 -1033

目录 /

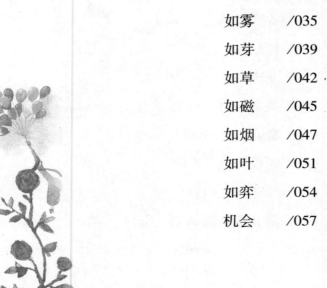

如 冰

接到电话的时候,已经是晚上 8 点。

电话是县政府的秘书小王打来的,小王轻声告诉他,明天上午邬县长要亲自到他们镇上的李渡村督查信访工作,有个上访户写了封告他的信,邬县长看了很生气。小王说,邬县长没让告诉你,你最好暗地里准备一下。

放下电话,他心里十分忐忑。好在平日里花在小王身上的功夫没白费,那些不起眼的小红包和土特产在关键时刻还能起些大作用。如果小王不打这个电话,自己怎么死的都不知道。

算起来,他是上一任的人。上一任领导十分器重他,在短短五年时间里,让他完成了从一个普通教师到如今主政一方的华丽转身。这让许多同僚羡慕嫉妒和恨。但自从去年上一任调离,邬县长到来之后,一切就风云突变了。尽管他一再努力靠近邬县长,但都屡次遭到排斥。请吃饭被拒绝,送特产被退货,打电话不接。就在前两天,他还硬着头皮在邬县长办公室里给他留下了两块"砖头",他本以为这样能去掉自己身上上任的影子,但没想到依旧不能,甚至效果适得其反。这不,麻烦就来了。

此刻,他心急如焚。想想自己走到今天也不容易,绝不能轻易服输。他决定立即赶到李渡村,和村委班子一起连夜研究方案。

　　他没惊动别人，自己开车出了门。汽车一路颠簸，很快就来到了李渡河岸。要去李渡村，汽车也好，行人也好，必须撑船过河。由于缺乏资金，河上一直没修桥，这正是群众上访得厉害的原因。

　　此时正值寒冬，在这个海拔 2000 多米的地方，一入夜河面就结冰。结冰之后，船无法开动，过河就成了最大的难题。有些人胆大或者遇到着急的事，就直接从冰面上走过来。因为冰层的厚度变化很大，所以每年冬天都会出现有人掉进冰窟窿淹死的情况。为了保障安全，他亲自起草了一份文件，禁止任何人晚上从冰面渡河。

　　而现在，夜已深，河面上早已经结冰。他跳下车，站在河边。一阵寒风吹过来，吹得他全身颤抖。他呵了口气，用手电筒照了照河面，前面白茫茫的一片。他有些犹豫了，去，还是不去？现在过去，完全有可能掉进河里，但是如果不去，明天就有可能丢掉帽子。

　　他跺了跺脚，仰头看了看，天空一片漆黑，一颗星星也没有。与其坐以待毙，不如放手一搏。他毅然决定，踏冰过河。

　　他将手电筒含进嘴里，然后左右两只手各拄了根木棍。他小心地移动着步子，不断用木棍探索着前面的冰面，他生怕脚下传来一声脆响，那么自己就彻底完了。此时河面上的风很大，他佝偻着腰，极像一个年迈的老人，每一步都走得小心翼翼和异常艰难。这样走了几分钟后，突然手里的木棍往下一沉，他险些摔倒，好不容易站定后才发现前面竟然有一个大的冰窟窿，而自己差一点就踩下去了。

　　一阵恐惧感迅速袭上心头，他在心里呐喊，如此艰辛，究竟是为什么？他立刻想到了后退，回头看了看，却发现自己正处在河中间。他意识到此时退回去和往前走的危险完全一样。他站立了片刻，咬了咬牙，硬着头皮，慢慢绕开冰窟窿，继续往前走。

不知道过了多久，他才终于感觉到自己脚下踩着的是实实在在的土地。而此时，他早已经汗流浃背。

到了李渡村以后，他立即和村委班子商量，将种种可能出现的情况都想了个遍，并连夜落实解决方案。开完会后，天已经蒙蒙亮了。

他不敢有丝毫马虎，决定立刻赶回单位，不能让其他人发现他来过。再一次交代之后，他踏上了返程的路。

此时已经能清楚看到整个河面，他似乎比来的时候也轻松了许多。他安慰自己，走一次是走，两次也是走，反正是必须要走的路，怕什么？

但他依旧走得很小心，一步一步生怕出现意外。而就在这时，他的电话尖锐地响了。

他赶紧接听，打电话的依旧是秘书小王。他本想告诉小王自己这一夜是多么的艰辛，他太需要一个人倾诉了，但他忍住了。他听见小王一字一句地说，现在你可以放心了，你彻底安全了。

你什么意思？他一惊，难道邬县长直接就免了我？

小王说，不是你，是邬县长出事了，昨晚十点被纪委带走了，据说涉案金额很大。

他愣住了，一时间百感交集。看来是安全了，但是自己却冒死白忙活了一个晚上。贪污，贪污，哈哈，他心里甚至想笑起来。他接着问了一句，你说他是因为贪污？

小王说，是受贿。

他哦了一声，但那一瞬间他忽然感到一阵寒冷。他立刻想起自己前几天扔给邬县长的"砖头"并没有退回来，要是邬县长吐了出来，再一追究……

他不敢继续想下去，觉得自己被什么东西击中了一样。就在这时，他却十分清楚地听见自己的脚下传来一声脆脆的声响。

如　刀

接到老领导的电话，他瞬间愣住：吴芳茹自杀了。

这自然不是个小事。吴芳茹是老领导的准儿媳，两人婚纱照都拍了，婚礼举行在即，却偏偏出了这么大的意外。

老领导在电话那头沉默片刻说，你到我这里来一趟吧。他自然应允。

他草根出生，大学毕业后考进机关，尽管才华横溢，但一直平平庸庸，毫无建树。一个偶然的机会，他遇到了老领导，老领导对他胆识和谋略十分赞赏。通过老领导的举荐，他才如鱼得水，一路走到今天。对老领导，除了知遇之恩，他更有无限敬重。多年来，老领导一直要求他谨言慎行，而老领导自己更是以身作则，两袖清风，在任期间做了不少好事，不少群众一直记得他。

到了老领导家，刚进门，就遇到老领导的儿子。那小子原本一脸悲伤，一见他进来，却立马瞪大了双眼，然后一句话都没说就转身走开。他顿时莫名其妙。

这时老领导出来，招呼他坐下，并给他递了杯茶说，别和孩子计较，他挺难受的。

他笑了笑表示理解，然后问，芳茹怎么回事？

老领导疑惑地看了他一眼，瞬间又说，看来你还真不知道，这不怨你。

怨我？他不解，难道这事和我有关系？

老领导叹了口气说，你知道芳茹考教师的事情吧。

他点头。他当然知道，作为分管教育的县领导，在第一轮笔试成绩出来之后，他就看到了吴芳茹的名字。吴芳茹笔试靠前。此后面试也很顺利，总成绩一直排在前列。正因为吴芳茹是老领导的准儿媳，按照老领导的作风，是绝对不容他插手的。后来对这个考试，他也就没有再过问。

难道是芳茹成绩没上？他问，就因为这事自杀了？

老领导并没有回答他，而问起了另外一件事情。老领导说，你几天前是不是去青莲酒家吃过一顿饭？

他想了想，确有其事。是一个多年的老同学请客，本来约了多次，他都一再拒绝。那天实在推不过去了，才同意前往。

有哪些人一起？老领导又问。

当时只有卫生局长和教育局长在，这两人都是我的下属，再无其他人。他说。

老领导摇了摇头说，我曾经嘱咐过你多次，看来你还是没留心。

就吃了个便饭，什么话都没说，甚至连酒都没喝。应该没问题吧？他疑惑了。

当然有问题。老领导起了身，顺手拿起一个苹果，并把闪着寒光的水果刀放在苹果上。老领导并不说话，一用力，苹果瞬间一分为二。老领导再一挥手，把半个苹果又分为两半。似乎老领导并不够尽兴，不断挥刀，苹果就不断被分得更细更小。

他更加不解了。老领导在发泄心中的不满么？他说，您是要告诉我什么？

老领导这时停下来说，我记得我告诉过你，手中的权力，就是一把刀。

是的，你还告诉我，权力越大，刀就越锋芒。可是这刀和吴芳茹的死和吃顿饭都没什么关系吧。他有些不耐烦了。

老领导这时把目光停留在他的脸上。他立刻收住心中的不悦，不好意思地微笑着。老领导面无表情地说，说说那顿饭吧。我相信就你们四个人，而且桌子上丝毫没提与工作有关的事情，对不对？

他点头说，是的。

其实这不是一顿简单的饭。老领导说，尽管你们什么都没说，但是饭后卫生局长和教育局长共同做了件事情，在体检环节通过人为操作，让一个笔试和面试成绩本来不理想的人在体检中获得优势，顺利将另外一个人挤了下去。

真大胆，谁叫他们这么做的？他说。

老领导盯着他，半晌才说，那个人其实是你。

怎么可能是我，您觉得我会叫他们这么做？他义正词严。

老领导说，你知道上去的和下去的人是谁么？

他睁大眼睛说，挤下去的是谁，难道是芳茹？不会吧！

被挤下去的，真的就是芳茹，她那么努力，怎么会不觉得委屈呢，自然也就想不开了。老领导说，你也许并不知道，被推上去的,就是你同学的侄女儿!

什么? 他不敢相信自己的耳朵。怎么会这样? 他感到焦躁不安,难道就因为吃了顿便饭,就产生如此严重的后果。他不敢想下去。

是的,就是吃了顿饭。老领导说,你要知道,自己身上有着较大的权利,无须你表任何态说任何话,只要往那里一坐,就已经帮人办成了许多事情。

老领导又拿了只苹果,一刀切下去,说,这把刀只是无心地路过,但却真实地把苹果分开了。

他顿时冷汗淋漓。

如 灯

车在最不该抛锚的时候抛了锚。天色渐暗,他心里像钻进去了一只猫似的,要不是有领导在车上,他真想骂娘。

今天是腊月二十九,眼看明天就要吃团年饭了,领导却在这个时候到乡里来了。从县城到乡里,要开三个多小时的车,一路颠簸不说,一到乡里,领导就要到全县最穷的上华村去慰问贫困户。由于上华村山高路远,中午他就跟着领导一道在车上吃了份盒饭,到了村里,又跟着领导一道走东家串西家,还要从领导的"老爷车"上搬慰问品,现在他已经身乏力倦。没想到的是,领导的"老爷车"竟然在回来的途中抛了锚。

车坏得不是时候,还坏得不是地方。现在车正处在一个大山坳里,这里除了路边有一座破庙外,方圆几公里没有人烟。最为恼火的是,由于偏僻连手机也没有信号,很难在短时间内与外面联系上。

驾驶员在车头捣鼓了一番,无奈地摊了摊满是油垢的手说,路况太差,车灯给抖坏了,附近有没有修车的?

他心里不痛快,堂堂县领导难道就没有一辆好车可乘?偏偏坐一辆破车,抖一抖就坏了。他回头看了看领导,发现领导一脸平静,心里也就稍微放松了许多。他说,本来乡场上有一个专门修农用车的,但是这里手机没有信号,根本联系不上,就算联系上了,那人也不一定会修。

这个修农用车的,是个瘸子。瘸子专门学过修车技术,修修车灯应该没问题。他之所以说那人不一定能修,是因为他心里没有底。前几天因为残疾军人申请补助的事,他和瘸子正面交锋,闹得很不愉快,现在喊此人来修车,肯定是白费力气。

我们一起来想想办法。领导打开车门,走了下来。领导说,不过,今晚一定要回县城,明天还有别的工作。驾驶员说,天都黑了,这段路十分危险,没灯光可不敢冒险。

他望了望天,天上没有一颗星星。现在他已经看不清领导的表情了,他对领导说,前面有一座庙,里面有油灯,要不我去取两盏灯来,看能不能帮上忙?

领导说,这个主意不错。只要有一点灯光,我们就多一点希望。你快去取。

他迅速前往。几分钟后,他拿来了两盏桐油灯。但是灯光十分微弱。

领导接过一盏灯，用手把灯芯拨了拨，灯光顿时亮了许多。领导说，这种灯我比较熟悉，我当知青的时候就用这个，把灯芯拨高点，就会更亮。

他也跟着把灯芯拨了拨，果然更亮了一些。

他看着灯，又看了看领导，说，真是难为情，明天就过年了，您现在却留在半路上受冻。要是您不来上华村，也就没事了。

领导看了他一眼，说，你不知道上华村的状况？他们这个春节过得不好，难道我们还能安心在家过年？

他连忙嗫嚅道，那当然，当然。

正在这时，远处传来了一阵摩托车的声响。一束灯光渐渐靠近。他高兴地说，有人来了，我去打个招呼，看是不是熟人。

他赶紧向前跑了一段，然后招了招手，摩托车停了下来。待对方取下头盔，他瞬间感到悲喜交加。骑摩托车的不是别人，正是在乡场上修车的瘸子。换在平日里，他完全不用正眼看这个瘸子一眼，可是现在他不得不改变语气说，正到处找你呢。我们的车灯坏了，快帮忙修修，价钱好说！

瘸子看了看他，一脸高兴地冲他笑了笑，接着迅速戴上头盔。猛地一拧油门，摩托车像炮弹一样向黑夜冲了出去。

看着摩托车尾灯，要不是有领导在，他恨不能一脚将瘸子踹下来。

瘸子的摩托车瞬间走远，好不容易出现的希望也随之破灭。他向领导跑去，并寻思如何说明对方不停车的原因。就在这时他发现，摩托车竟然调过头来，径直停到了领导的车旁。

来不及搞明白怎么回事，他连忙跑过去。待他到达车前，瘸子已经钻到车肚子下面捣弄起来。而此时，领导正端着油灯，蹲在旁边为瘸子照明。他连忙去接领导手中的灯,说您到车里去休息,外面冷。领导说,大家一块儿冷嘛,没事。领导又说,这个小伙子真热心,你认识吧?

他看了看正在忙活的瘸子,说,是的,他修车还比较内行。

说话间,车灯亮了。瘸子从车肚子下面爬了出来。瘸子说,好了,刚才是有两根线碰了,烧坏了保险。接着瘸子走到领导身边说,这乡长大人我高攀不上。不过我倒是认得您。我一辈子也不会忘记您。

见领导有些不解,瘸子又说我天天在电视里看到您呢。前年,要不是您让我们这批残疾人去学技术,我哪里能有现在的手艺。今天这个机会,就算我向您致谢了。

他连忙拿出一根烟递给瘸子。瘸子看也没看,一抬手就拒绝了。然后瘸子一拐一拐地上了摩托车,轰着油门走远了。

看着瘸子的背影,他忽然想说点什么,却发现领导正直直地看着自己。领导抬起手中的桐油灯对他说,你仔细看看这盏灯,看出什么问题没有?

他疑惑地看着跳跃的灯光,不知所措。

领导叹了口气,又看了看他,语重心长地说,其实,群众的疾苦就像这漆黑的夜晚,而我们应该是这盏送来光明的灯。只有把自己燃得越亮,群众得到的光明才会越多。而你发出的任何一丝微弱的光芒,他们都会牢记在心上。

说罢,领导把手中的桐油灯交给了他,转身上了车。他慌忙接住,却忽然发现这盏灯比自己手中的要沉出许多倍。

如 佛

和许多城市一样,开州也有一座能将整个城市尽收眼底的山,这山有着一个吉祥的名字,叫凤凰。凤凰山同样难以超凡脱俗,因为有了吉祥的名字,山顶自然也就有了高高矮矮的坟茔,有了云雾缭绕的寺庙,有了心旷神怡的梵音,还有一个叫了空的瘦和尚。

老詹第一次接触了空,是三个月前。那时候的老詹,不是现在的老詹。用了空的话说,那时候的老詹是有神的,是神采奕奕的老詹。三个月前老詹上凤凰山,为的不是烧香拜佛。老詹在旅游部门当领导,上山来看看,图的就是个实地了解,也算是以领导身份进行一次视察。

那时候,了空正在寺庙的大殿里诵经。见老詹进来,了空起身,道了一声阿弥陀佛,然后问老詹:施主是上香还是求卦?

老詹愣了一下,看了看了空说,不上香也不求卦,就随便来看看。然后又看了看了空素衣包裹着的身体说,你这么瘦,是不是生活过得不好啊,有什么要求,你可以给我说。

了空淡淡一笑,说,施主见笑了,我这身体,也就是一个灵魂暂时寄居的躯壳而已,不必在意。如果施主没其他的事情,请自便吧。

老詹心里不乐意了,一个边陲小县里一座小庙的瘦和尚,竟然如此不把老詹放在眼里。老詹就问了,师傅叫什么名字?

了空说,法号了空。

老詹就记住了了空和尚。尽管老詹心里不乐意,但他想了想,自己也不能把一个和尚怎么样,总不能下个文叫了空不当和尚了吧。再说,真这么做民宗局的老唐可能就不乐意了。

老詹就简单视察了一圈,下了山。

三个月后的今天,老詹又上了凤凰山。说是上山,其实老詹自己也觉得糊涂,不就是沿着一条小道转悠,不知不觉竟然就上了这山上来了。所以,这次老詹上山,不是来视察,纯属转悠。再形容一下,就是瞎转悠。可老詹也不是瞎转悠,转悠还有点悠闲的味道,但老詹心里不但不悠闲,还闹腾得厉害。

老詹情绪很低落。

老詹站在山顶的小庙前,正好俯视整个开州城。人一旦心情不好,看什么都乱。老詹看到,脚下的城市,楼层高高低低,街道杂乱无章,一辆一辆汽车像追命一样争先恐后,救护车消防车的警笛正此起彼伏。

老詹才发现,自己生活的这座城市,闹腾,还不是一般的让人闹腾。

就在这个时候,老詹回头,看见了空正站在自己身后。了空竖掌道:如果没认错的话,施主就是上次到庙里来的领导。老詹一听就不乐意了,啥领导,领导你也不怕我?

了空看着远方说,心无他物,何谓怕? 怕,是因为人的内心有担心有惦记有挂念有期盼或者有猜忌,除此,怕什么?

老詹定了定说,看来师傅还真是目空一切。接着又叹了口气,我倒羡慕师傅的心态,难得啊。

了空说，人能活着，为的不就是活出一个心态么？

可我怎么就觉得自己心里这么闹腾呢，老詹说。

了空盯着老詹看了看。这个单眼皮的和尚，眼珠明亮，目光清澈得让老詹心里发慌。片刻，了空说，施主的心神不一，心里又怎么会快活呢？

没等老詹说话，了空又说，你看看山下的县城，你能看到你自己的家自己的办公室吗？

老詹放眼望去，别说，还真不好找。自己天天生活在脚下的这座城市，闭上眼睛也能画出每条街每棵树的模样。可现在以这样的角度俯视，街就不是记忆中的街了。不但不好找，就算找自己住的那条街道，也很难将自己的房子，自己的办公室从鸽子笼似的楼房中辨别出来。老詹就摇了摇头说，不好找啊。

不好找并不是因为真的难找，只是你看这个城市的角度变了。了空说，从山顶的角度看，先前的大楼就变成了鸽子笼，大街就变成了一条线而已。

这个道理我懂，老詹说。可这跟我心里闹腾有什么关系呢？

看来施主还是没明白。了空说，许多道理我们都懂，可就是许多人没有把自己已经懂了的道理联系到生活中来。了空就指了指山下的县城说，施主你能看到街上那些人吗，能看清楚他们什么表情吗？

当然不能，那么渺小，谁能看得清楚。

这就对了，问题就出在这一大一小之间。了空说，许多时候，我们都觉得自己大，权利，金钱，地位，形象，仿佛都至高无上。可从山顶这个角度看，房子和街道都那般小，人又算什么呢？

此话一说，老詹倒是有了感触。老詹认真地看了看脚下，街道纵横交错,高楼静穆庄严,车辆和行人如蚂蚁般在游动,此起彼伏的喇叭声不绝于耳。这个时候,没有人知道老詹站在山顶上看着他们,也没有人因为老詹看着他们而影响了上班、吵架、犯罪、娱乐、生病乃至死亡。老詹断定,自己其实也是很渺小的。以前老是认为这个城市没有了老詹,城市就不是城市了。事实是,就算没有了老詹,这个城市依旧叫开州,而没有改名叫老詹。没有了老詹,不但别人照样活,就算是自己的老婆孩子姑爷舅子和老表们,依旧照样活,甚至可能比有老詹的时候活得更好。

想到这里,老詹就有些感慨和悲伤了,就突然觉得人生没有意思,而且是太没有意思。老詹就问,你皈依佛门,是不是早就觉得人生没意思啊?

了空说,并非如此。出家也是一种生活,只是像佛一样生活而已。

老詹有些糊涂了,那你说说,什么是佛?

了空竟然笑了笑,说,什么是佛?就是跳出了人类再来生活的人,即是佛。这个角度讲,我是佛,你也是佛。佛在我们心中。

老詹摇了摇头,说,算了,我不是佛,我只是一个换了岗位的机关干部。我还得下山,还得上班,还得该怎么活就怎么活。不过,有时间,我会上山来拜拜佛的,顺便看看山脚下的城市。说完,老詹就觉得自己心里不闹腾了,不闹腾,老詹也就径直下山去了。

如 虎

尽管一夜未睡,上午9点,他还是准时出现在了会议室。

见全场起立,他微笑了一下,挥手示意大家坐下。他开门见山地说,把现场视频放一遍。

很快,投影上出现了老虎园的画面。一只肥硕的东北虎,半眯着眼打着哈欠。有游人不断扔食物进去,但老虎都趴在地上一动不动,眼神冷峻且充满不屑。就在这时,画面沸腾了。只见一个人影忽然从围栏上掉入了老虎园中,不偏不倚,正好落在老虎的面前。起初,老虎只瞪了这个不速之客一眼,继续半眯着眼睛。这个人一骨碌爬起来,但他并没有急着离开,趁周边的人拍照,迅速做了一个剪刀手。在他做这个动作的同时,老虎猛然站起,老虎高大彪悍的体型和瘦弱的人体立刻形成鲜明的对比。他回头看了老虎一眼,倒退了一步,老虎顺势往前走了一步,并发出一声低吼。他像被老虎的吼声击中了一般,立刻蜷缩着身子,跪倒在地上,他开始给老虎磕头,战战兢兢地再磕头,带着哭腔给老虎磕头。老虎愣愣地看着面前这个人的举动,用舌头舔了一下自己的嘴。几秒钟后,老虎一跃而起,一口咬住人的脖子,如猫叼耗子般轻松将他叼向远处。

视频看到这里,会议室里一片唏嘘。他喊了声停。画面固定下来。他说,说说死者的情况吧。

动物园的负责人立刻说,死者殷某,男,38岁。城南汽修厂的职工。妻子离异,有一个上初中的儿子和70多岁的母亲。出事后,他母亲带着孩子在市政府上访。

你们打算怎么处理?他问。

最初,我们打算按照安全事故标准处理,可是经过我们深入调查发现,事情没那么简单。

还有什么情况?

我们调查发现,这个人有个特别的爱好,就是喜欢挑战危险动物。您看看,这是这几年我们动物园收集到的关于他的资料。动物园负责人接着说,前年,他跳进蟒蛇园和蟒蛇合影,我们当时处罚了他。去年3月,他又去到鳄鱼池在鳄鱼嘴前摆剪刀手。今年5月,他甚至跑到了狗熊园和狗熊合影,好在当场装死逃过一劫。据他的朋友介绍,出事前他反复宣称,一定要挑战百兽之王的老虎,证明他胆大。结果这次就出事了。

他喝了口茶说,根据这个结果,你们的处理意见是什么?

按照自杀处理,不过,出于人道主义,我们象征性地对死者家属给予1万元的资助。

胡扯!他突然一拍桌子说,怎么能这么处理?

会议室立刻哑然。

你们就这么简单把一条人命处置了?他抹了一下通红的眼睛说,这个事情,看起来是死者责任重大,可是你们就没有监管责任?如果第一次你们制止了他进蟒蛇园,会发生后面的事情?

制止了啊,还处罚了他。动物园负责人说。

有用么?我是说一开初就不能有游客进入里面的可能性。如果你们一直监管到位,他从头到尾都不能靠近那些动物,会有事么？

怎么会没事，一个存心要找事的人，防不胜防啊，而且我们的人手也有限！动物园负责人有些抵触了。

什么防不胜防？如果没有蟒蛇园的经历，他还会想着去鳄鱼园？有了鳄鱼园的挑战，他才想着挑战熊。挑战了熊，他更加无法满足了，非要挑战老虎。正是你们的疏忽，导致了他的冒险欲不断膨胀。你们就不觉得这里面有你们的责任？

会议室一阵躁动，动物园负责人好一会儿才说，好吧，我承认我们监管失误。您看怎么处理？

他似乎并不接话，他说，同志们啊，处理事情要辩证地看待。

这时他电话响了一下，他看了一眼，摁掉继续说，不要带着主观思想去处理，否则永远都无法客观合理。这个事情动物园要迅速重拟一个方案，合理安抚好家属，同时加强管理，坚决杜绝类似事情发生。

这时电话又响了，他仔细看了一下，再次摁掉。然后他用手抚摸了一下额头说，今天就先到这里，我身体有些不适。散会吧。

众人欲言又止，见他用一只手撑着额头，只好先后散去。期间还有几个人先后走到他身边，不等对方开口，他都报以微笑，然后挥手让其离开。待众人走完，他才换了坐姿对工作人员说，把刚才的视频再放一遍。

屏幕上，老虎的画面再次出现。当看到那个人在老虎面前下跪的时候，他说，把这个镜头重复播放。

镜头中，那个人蜷缩着跪下，不断磕头，反复磕头，一直磕头，但老虎只眈眈地看着他，最后还是张开了血盆大口。

镜头重复第7遍的时候，他全身一阵哆嗦，豁然起身，桌子上的笔记本也没顾得上拿就迅速跑进电梯。电梯在这栋楼的最高层停下。出电梯，是他的办公室。

他将办公室的门反锁住。从书柜后面拉出一个箱子。他颤抖着打开，从里面拿出一个褪了色的信封，一瓶包装发黄的酒和一盒普通的茶叶。他把这几样东西放在地上，接着又从书柜后面拉出两个箱子，打开，一个箱子装满古玩字画，另一个箱子里码着砖头一样的钱。

他喘着气，退后一步，然后缓缓跪下。他把额头顶在冰凉的地板上，像视频里那个人一样，对着那几个物件和箱子磕头，再磕头，一直磕头。

直到门外急促的敲门声响起，他才站起身子，此时他的额头已经一片殷红。他环顾了一下硕大的办公室，笑了，然后走到窗前，缓缓张开了双臂。

如　画

电话接通，不等儿子说话，他就斩钉截铁地说，马上到画室来！

儿子不甘示弱，问，凭什么？

他愣了一下，随即说，来了就知道。挂电话前，他又补了句，现在过来，过时不候。

片刻之后，儿子魁梧的身影便出现在画室门口。

这间画室，是父子俩共同的基地。他本来美术专业毕业，画得一手好画，尤其擅长工笔画。在转行之前，他的工笔画作一度能卖上近万元。从政之后，他刻意掩饰了这方面的才华，每天兢兢业业地上班下班，与画画风马牛不相及。只有儿子最清楚，只要一有空，他都会推开诸多应酬钻进这间画室。大多数时候，他不再动笔，但偶尔也会动手画一幅，画完之后立刻用柜子锁起来。

而在这间画室里待得最久的人，恰恰是儿子。受他的遗传，儿子同样画得一手好画。从小到大，只要有空，儿子都会在画室里创作。尤其是他从政之后，儿子的童年除了校园就是在画室里度过的。随着年龄的增长，儿子的绘画才能也逐渐培养起来，高中时儿子不仅多次参加国家级画展，还成功举办了个人画展。他本以为高考时儿子会顺理成章地报考美术专业，但儿子却瞒着他修改了志愿报了行政管理。

如今，儿子大学毕业了，面临就业的时候，他建议儿子还是回归到艺术生活中去。不料儿子却一门心思要报考公务员。父子俩随即发生了很大分歧，脸红耳赤地争执不休，最终儿子摔门而出。这几天两人一直没见面，电话也通得极少。

儿子进来的时候，他正低着头，认真地画一幅山水花鸟图，他细心地运笔，纸上的鸟很快就长出一匹匹漂亮的羽毛。

你急着叫我来，不是让我看你画画的吧。儿子一进门，立即把外套脱掉，远远地扔到一边。

当然不是。他抬起头，看了看儿子说，如果你还当我是你老爸，你现在就拿起笔画一幅画。画什么都行。

儿子嗤了一声说，不画我就不是你儿子了？有事您说话，别磨磨唧唧的。

他丢开画笔，直起身子说，我改变主意了，何去何从，最终得看你自身的造化。

真的？儿子喜出望外，看来你想通了？

他叹了口气，摇了摇头说，你说想通了就想通了吧。叫你来，是想给你看一些东西。

今天什么日子啊，你不光改变了主意，还有额外福利？儿子跳了起来。

你随我来。说罢，他领着儿子进到画室里屋，然后他推动墙壁，墙上立刻出现了一个暗柜。

我在画室待了这么多年，从来没发现你这里有机关。儿子拍着脸说，里面是什么？

你打开看看就知道了。他说。

儿子打开暗柜，脸上随即黯淡下来。你的一些画作而已，我还以为藏了别的什么。

他上前，拿出一幅画说，这些画，可是我的心血。

儿子瞟了一眼说，并不是什么上层作品，夸大了吧？

他不回答，继续指着画说，这幅，是我刚刚转行从政的时候画的，算算也有近 20 年了。你再看看这幅，是我提干当科长的时候画的。

你是不是每一次提拔了，都会画一幅画？

不光是提拔，其实每一次有收获的时候我都会画。他又打开一幅画说，比如这幅，就是我负责的柱山高速公路竣工的那天画的。

这一柜子的画，少说也有上百幅，看来你成就感挺强的啊。

儿子说，这哪里是画，简直就是你的精彩人生。

他笑了笑说，从一个美术教师走到今天，当然也有一些精彩。

儿子继续翻看画作，突然愣住了。这里面，怎么会有一张白纸呢？

这是我的最后一幅画。他取过画笔递给儿子说，也是我今天叫你过来的重点。我纠结了很久，这幅画我不知道画什么，无从下笔，我希望你替我开个头。

你的画，我怎么开头？儿子接过画笔，犹豫了。

你随便画，一笔两笔都可以。他鼓励道。

好吧，儿子拿起笔，呼啦一声在那张白纸上重重地画了一笔。我算完成任务了么？儿子问。

他盯着儿子，叹了口气说，其实画画和从政是一样的，你画不好画，如何去从政？

儿子糊涂了，什么意思？

现在，你把那张白纸翻过来看看。他说。

儿子好奇地蹲下身子，慢慢把那张白纸翻了过来。随即儿子就愣住了，白纸的背面，密密麻麻写满了字。儿子仔细阅读，才发现竟然是他的履历。但是刚才儿子画的那一笔，已经从纸的另一面浸透过来，把一部分字模糊掉了，面目全非。

怎么会这样？儿子问。

他捧起那张纸，双手颤抖，声音也颤抖起来。这是我这些年精心绘制的一幅画。我每天小心翼翼，不辞劳苦，为的就是在这上面添上更加精彩的一笔。他突然提高音量，大声说，但是现在你看看，几十年的心血，要破坏却仅仅需要一笔而已！

儿子被他的样子吓得不知所措。

你还不明白？我的画，怎么可能价值 300 万一幅？你也敢拿出去卖！说罢，他对着门外叫了声，你们进来吧！

如　火

　　局是个大局，员工几百人，年内的项目更是几十个。三十一岁，他却做了这个局的局长。

　　他研究生毕业，顶着为官多年的父亲的强烈反对毅然选择了从政。一路走过来时，父亲已不在任上，去了老家做闲云野鹤去了。

　　他是通过公开选拔走上今天的位子的，诸多评委问他能否把这个局长当好时，他坚决地点了点头。可是当任命文件拿到手中的时，他却忽然觉得自己不知道从何抓起。他很迷茫，迷茫，他想起了为官多年的父亲，父亲的经验、父亲的教训，足以让他享用一生。拨通电话，那头传来了父亲低沉的声音和鸟儿欢快的叫声。父亲说，都说新官上任三把火，你就先做三件事吧。于是父亲就把这三件事情说了。他大为不解，可父亲说，如果你想打好漂亮的第一仗，就必须去做，而且马上做。说完父亲就挂了电话。

　　尽管不理解，他还是去做了。

　　第一件事，就是修子午路。坑坑洼洼的子午路一直是领导的一块心病，可是由于投入巨大，一直以来都没有人敢动工。父亲却叫他把单位的大楼抵押了，然后贷了一笔巨额的款，就是这笔款,顿时让子午路上机器轰鸣。

第二件事,就是制定单位的新制度。他亲自参与,开了多个会,出了多项规章制度。每个制度都可以把员工管得无法动弹,几乎可以让员工不能透气。同时,他还利用新闻媒体,大力宣传自己的制度。做完这一切以后,按照父亲的指点,他和班子成员逐一进行了单独谈话,然后由一个班子成员负责一部分员工,叫他们用单独见面的方式定期把一笔钱"送"到相应的员工手中。这样,他让每个员工的薪水都悄悄地翻了两倍。

做完两件事情之后,他就开始做了第三件事情:天天下乡。不管多忙,坚持天天下乡。有人要找他,就到乡下去找他,或者在施工现场去找他。其实天天在乡下也没什么事情可以做,父亲就说,实在没什么事情可做,就去拜访一下那些五保户什么的,也可以到我这里来喝喝茶。他甚是不解。

三个月之后,组织上对他进行了履新后的第一次考核,在同期上任的诸多同僚当中,他好评如潮。不但领导欣赏他,下面的员工也极力挺他。他打了个漂亮的"开门红"。

带着欣慰,带着工作,更带着不解,他再次下了乡。这次,他自己驾车,径直驶向自己的老家。

渐近老家时,他远远地看见老家的土屋里冒着炊烟,周围绿树环绕,鸟语花香,良田沃土阡陌交通,好一派田园风光。没想到在任时那么繁忙的父亲,现在竟然选择这份清闲。

下了车,父亲正坐在火坑前抽烟。火是柴火,并不旺,所以浓烟滚滚有些呛人。见了他,父亲并没抬头,问,是来检查工作还是来孝敬父亲?

他哈哈一笑,当然是后者,此外,更是来学习的。接着他说,我有很多不解,我不理解你现在的清闲,更不理解您叫我做的三件事情。

没那三件事情,你的工作怎么开端,能有今天的效果?父亲吸了口烟,兀自盯着远方说。

他点头称是,说,可我就是不理解为什么有这样的效果?

父亲咳嗽起来,拍了拍身上的柴灰说,娘的,怎么这么浓的烟?你不是回来孝敬我的吗?给我把柴火烧旺些再说。

他起身,到屋外抱了一大抱柴,然后放进火塘。

父亲看了他一眼说,这样就会旺?

他笑了,要旺还不简单。于是俯下身去,用嘴努力地吹,他憋足力量,吹得柴灰一片,但火势并不见长,反倒越来越小。

好了,好了。父亲有些不高兴地说,还是我自己来吧。于是父亲蹲下身,不慌不忙地将先前他放进去的那些柴火退了出来,然后将几根上好的柴火堆成金字塔状,再用一根柴将"金字塔"里面的柴灰和碳全部掏出来,最后父亲轻轻吹一口气,火猛然燃起。熊熊大火还有些烤人。

他有些不好意思,说还是您有经验。现在火旺起来了,您还是给我解解工作上的谜吧。

父亲漫不经心地看了他一眼,然后收拾起他刚才抱过来的柴火。父亲说,要想火旺,不在于柴多,也不在于吹得厉害,而是要得法。看看我这柴火,与你刚才有什么区别。

他有些不屑地瞟了一眼熊熊的火说,不就是外面加柴里面掏空吗?这个我知道,越空氧气就越充足,燃烧也就越充分。他突然话锋一转,问,这与我的工作有什么关系?

这就是你的工作。父亲的声音掷地有声,你的工作,难道不是火么？要想火旺，该怎么办？

他迅速想起父亲之前的安排，突然明白过来。对啊，就是这个理。他拍起巴掌说，真是不枉此行。

你明白什么，我看你什么都不明白！现在都什么时候了，你还不赶紧回去？父亲很严肃地说。

回去？我今天不回去也没事，就让家里依旧空着吧，他说。

混账！父亲站起身来，厉声吼道。

他被突如其来的变故弄得不知所措。他小声说，怎么了？

你现在赶紧回去，现在你得把火灭一灭了，从今天起，你得开始低调，和其他局长保持一样的水平就行了。父亲说。

为什么？我不正火着吗？

父亲这回长长地叹了口气，语重心长地说，把火烧旺是件好事，但你必须知道，火不能一直旺，否则就是引火自焚啊。父亲的身体抖了起来。说，难道你不知道，我本该 7 年后才退休，为什么现在就被退了下来？

他猛然一惊，顿时汗如泉涌。

如　梦

侄儿不是亲侄儿，老家堂兄的儿子。

这是侄儿第二次来到他家。

侄儿敲门的时候，已经是晚上 10 点多。当时他盯着一杯茶，发呆。听到有人敲门,他有些意外,看到门外风尘仆仆的侄儿,他更加意外。

侄儿来不及抹去额头的汗水,就将一口袋老家带来的土特产扛到门里,然后说,都是上好的山货,我爹亲自给你选的。

他脸上的肌肉跳动了一下。他看了看黝黑的侄儿说,赶紧洗洗休息吧,肯定累坏了。

侄儿笑,露出一口洁白的牙齿。谢谢叔。侄儿有些毕恭毕敬。但侄儿似乎意识到什么,说,叔,你好像也很累,最近忙坏了吧,我看您又多了好些白头发。

他说,不要紧,赶紧休息吧。

侄儿进了屋,便到浴室洗澡去了。他坐在客厅,望着侄儿扛来的一大堆山货继续发呆。

上次侄儿来,也扛了一大堆山货。那是几个月前,侄儿刚退伍回来。侄儿在他家等了整整一天,晚上他才回家。回家的时候,他已经喝得有些高了,是驾驶员扶着他回来的。见到他,侄儿赶紧说,叔,我是您侄儿呐,我是小海。他揉揉眼,说,都这么大了,我走的时候你还在你妈怀里吃奶呢。侄儿说,我平时里都在电视里看到叔,没想到你这么忙。他瞪了侄儿一眼说,小东西,当领导的怎么会不忙。侄儿就笑了。侄儿说,叔,我这回来,是求叔帮忙的。他不屑,说,求叔帮忙的人多着呢,你说,什么事?侄儿说,叔,我退伍了,想找份工作,就是正式的那种工作。我爹说,这个事叔能,只要你点头就能。他打了个酒嗝,又瞪了侄儿一眼,说,就这么没本事?侄儿嗫嚅道,可是我有个有本事的叔啊。他哈哈一笑说,成,叔,叔记住了,今晚你先休息,隔段日子来找我就成。以他的能力,顺便说句话,侄儿就可以在一个好单位找到一份好工作。接着他就打着酒嗝睡觉去了。第二天早上要下乡调研,驾驶员来接他的时候,侄儿还没起床,侄儿什么时候走的他不知道。

浴室里传来侄儿洗澡的放水声。他依旧在发呆,他才想起这段日子的忙,特别特别忙,竟然把侄儿的事情忘记了。一直把这类事情当成小事,小事就很容易忘记。可现在,他忽然觉得对不起侄儿。

侄儿洗漱完毕,到客厅里坐下。他慈祥地看了看侄儿,说,完了?侄儿说,完了。侄儿看着他说,叔。他抬头,然后又仰了一下头,嗯了一声。侄儿看了看他的脸上,沉默了。

这时墙上的钟响了一下,已经是晚上 11 点了。侄儿又说,叔。他却站起身,说,时间不早了,早点休息,有事明天慢慢说。侄儿知趣地站来,叔,您忙,早点休息。

这一夜,他几乎没睡觉,比前几个夜晚都失眠得厉害。

早上八点,他起了床。然后自己下了厨房,煮了两碗鸡蛋。他推开侄儿的卧室,端了碗鸡蛋进去。见他进来,侄儿赶紧坐起身,受宠若惊地说,叔,这怎么是好,您太客气了。

他把鸡蛋递给侄儿说,吃吧,我亲自做的。

侄儿感激地接过碗。

看到侄儿津津有味地吃着鸡蛋,他脸上有了笑容。

突然侄儿抬起头,哽咽着一边吞鸡蛋一边说,叔,都过了八点了,驾驶员怎么还没来接您,您今天不用上班?

他努力地笑了下说,不来接了。

侄儿笑着说,我知道了,肯定是叔今天休假。侄儿又说,也是,每天都在忙,休息一下也好。

他点点头。

侄儿吃了口鸡蛋，又说，对了，叔，上次我给您说的那事，肯定办成了吧。这段日子我在家里乐死了，我爹更是高兴得嘴都合不拢来。爹说，您答应了，就成了。家里每个人都为我高兴。我本来想早点来上班，可一想到您忙，就没急着来。侄儿指了指一旁的背包说，我这次来，可是把上班用的必备物品都准备好了。

他看了看侄儿，厉声说道，可是你为什么就没有早点来呢？

侄儿一愣，鸡蛋梗在了喉咙里。侄儿有些艰难地说，怎么了，叔？

你要是早点来，就办成了。那时候我在位，安排你去任何一个单位上班，不就一句话嘛。他终于忍不住痛苦地低下头，一边用手捋着自己的白头发一边说，就像一场梦啊，前天我还是一呼百应，可昨天就宣布我退了，退了，还有谁听我的？

也就在同时，侄儿突然不住地咳嗽起来，嘴里发出呜呜的叫声。他赶紧起身，拍了拍侄儿的后背，侄儿才缓过来。侄儿看着他，半晌才说，是啊，真像一场梦。

说完，侄儿迅速将鸡蛋一个接一个埋进嘴里。

蒙眬中，他看到一些晶莹剔透的东西正大颗大颗地砸向侄儿的碗。

如　蜜

　　送走市领导，他心情极好。上任以来，他第一次感到前所未有的轻松。

　　就在几个小时前，市委主要领导到他这里来调研，听取他的汇报之后，对他的工作赞赏有加，给予了高度肯定。他十分清楚，这个结果除了自身实实在在的努力工作外，还跟他手里精心准备的汇报稿有关。这个汇报稿，前前后后准备了近两个星期，研究室主任小孙下了很大的功夫。

　　下午，他决定下乡调研，把手头那些烦心的工作往后推一推，到农村去呼吸一下新鲜空气。做副职的时候，他分管过农业，对农村这块特别有感情。

　　轻车简行，就一辆车，由办公室主任陪着就出发了。到了镇上，镇长推荐说本镇有个养殖大户很不错，专门养蜜蜂，生产的天然蜂蜜颇具品牌效益，成了本市特产。

　　他侧身问办公室主任，刚才送给领导的蜂蜜，就是这个？办公室主任点头说是的。他立刻就来了兴趣，欣然前往。

　　不一会儿，在镇长的带领下，车开到了一座大山脚下。远远地，就能听到嗡嗡的蜂鸣声，待车逐渐驶近，就有越来越多的蜜蜂开始萦绕。车最终停了下来，只见山脚下呈梯次摆放着三排蜂桶，每排均由上百个蜂桶组成，阵容十分壮观。而天上黑压压的一片,全是来来往往的蜜蜂。

下了车,养殖场的主人老杨早已经迎在了门口。他热情地与老杨握手,并称赞老杨这里规模很大。老杨很激动,带着他在大大小小的蜂桶边查看了一番,这个过程中,总有许多蜜蜂在眼前飞来飞去。老杨提议到屋里坐一坐,顺便尝一尝刚刚采下来的蜂蜜。

他点头,跟随老杨进屋。

你这里大概有多少只蜜蜂,他问。

老杨笑着说,大概300多万只。

比咱们县的总人口还多两倍,你可比我管得多啊。他打趣道。随即他又问,我见你这周围并没有多少花,蜜蜂到哪里采蜜?

老杨说,蜜蜂就是个勤劳的虫子,这山的花少它们就往那山飞,我收获的每一滴蜜,都是它们辛辛苦苦衔回来的。说话间,老杨停住脚步说,您当心脚下。

他低头一看,地上也有铺了一层密密麻麻的蜜蜂。有的四脚朝天一动不动,有的虽然在爬但行动十分迟缓。老杨蹲下身子,从旁边拿出一个盒子,然后迅速用手将地上的蜜蜂捧到盒子里,算是腾出一条道来。

他不解地看着老杨,老杨起身解释说,每天都有一些蜜蜂累死或累倒。我们都用盒子收起来,然后集中埋掉,也算是对它们的一种尊重吧。

他点头说,看来你养蜜蜂还养出了感情。

老杨嘿嘿地笑了。

几个人随后进了屋。坐下之后,老杨朝里屋喊了声闺女,把蜂蜜端上来。随后便出来一个女子,用茶盘端出几杯黄澄澄的蜂蜜。

看着女子,他立刻愣住了。你不是小孙的家属吗?他问。

女子莞尔一笑,说,梅县长,谢谢你记得我。

当然记得,有个周末,小孙加班,你送饭过来,我遇到了你。对了对了,还有一个周末,我看到你和小孙一起逛公园。你怎么会在这里呢?

老杨立刻补充道,这是我二闺女,她回娘家来看看的。

就你一个人啊,小孙怎么没来,他问。

女子动了动嘴,老杨碰了她一下。女子就低下了头。他立刻反应过来说,你看,我都忘记了,小孙昨天还在加班呢,肯定来不了。

他不加班也不会来了,我们俩已经离了。女子说。老杨赶紧咳嗽了一声。女子又低下了头。

怎么会呢?怎么没听小孙说。他有什么地方做得不好,我帮你批评他!他说。

别。女子说,别批评他,他很好。只是他太忙,而我需要一个正常的家。

你赶紧下去。老杨夺过女子手里的茶盘,忙一脸歉意地对他说,她刚回来,情绪不稳定,您别介意。来来来,尝尝新鲜的蜂蜜。老杨把蜂蜜递到他手上。

女子低着头,默默转身出门。但她并没有离开,而是蹲下身子,用手将地面上的蜜蜂一只一只捡起来,那些蜜蜂或已死亡,或微微颤动。

他端着蜂蜜,将目光移向了远处。远处,铺天盖地的蜜蜂正在漫天飞舞,那些蜜蜂或进或出,却似一行行跳跃的文字。他忽然想起,今天上午市领导高度赞扬的汇报稿,不就是小孙辛苦了两个星期的成果么?而自己汇报的那些工作,又是多少个小孙辛苦了多少天的成果呢?这些成果,就如眼前这杯黄澄澄的蜂蜜,自己只习惯了饮取,而往往忽略了背后的艰辛,自己又何曾去捡一捡那些掉在地上的蜜蜂呢?

您尝尝呀,这可是新鲜的蜂蜜,很甜的。老杨脸上堆满笑,再次提醒道。

他赶紧笑了一下,象征性地尝了一口,却怎么也感觉不到甜味。

如 梯

这时电话又响了,他接通喂了一声,里面传出一个热情的声音,镇长在哪?他看了看周围,大声说,开会呢,在外开会。说完就挂了电话。

他的确没在镇上,自然也没有开会。明天就是元旦节了,此刻他站在县政府顶楼的走廊上,心里一片荒凉。

他算是半路出家,因为一场考试,他从一所高中的团委书记摇身变成了镇长。当镇长快一年了,工作倒是得心应手,却有一件事情让他困惑不已。从元旦到五一,从端午到国庆,几个重大节日他都荷枪实弹地去拜访领导,但无论是县长还是副县长,仿佛刻意回避他一样,总是找不到人。他给领导打电话或发消息预约,得到的结果不是在外开会就是在调研慰问。

有人说,过节去拜访领导的人领导也许记不住,但没去拜访的人,领导一定会记住。又是元旦来临,他下决心要把握住机会。

今天他一大早就赶到县政府。县政府大楼一共5层,顶楼只有县长一人办公,4楼是副县长们的办公室,依次往下,最底层则是一般人员的办公区。他本以为今天会有所收获,但是他从4楼走到5楼,又从5楼走到4楼,敲遍所有的门,都没找到人。

他大失所望,郁闷之极!

在此期间,他兜里的电话响个不停。刚挂掉一个,又有人打进来。他皱了皱眉头,再次直接摁掉。

他掏出烟来,点上,猛抽。这时有人拍了他一下,他回头,看到县政府办的副主任张维正望着他笑。算起来他们俩平级,且相识多年,关系一直不错。

他赶紧说,正到处找领导,没想到你自己冒出来了。

张维说,少贫嘴,这里是4楼,我——张副主任在楼下办公。

他说,你迟早都会搬上来,走,去你办公室坐坐。

到了张维办公室,他顺手关上了门。不等张维坐定,他迅速将一个信封塞过去说,镇上紧急文件,请张主任阅处。

张维拿着信封哈哈一笑,说,小子,一当镇长就变坏,下不为例!说着就随手将信封丢进了抽屉里。

他起身说,谨遵教诲。

接下来两人就开始聊天。没聊几句,张维就开门见山地说,我知道你不是来找我的。

他一惊,问,你如何看得出?

张维把头往椅子上靠了靠,看着他笑了。你小子,是真不懂还是假不懂？你如果是真心找我，就应该昨天来，我们这一级最多能提前一天离开。今天留在这里的，就只是一般人员了，我是顺道来看看而已。

你的意思是领导们都提前离开了？

这还用问，张维说，我们楼上的，提前两天离开。而顶楼的，提前三天就离开了。你不知道吗？遇到节假日都这样。

难怪！他若有所悟，但又立刻问，他们去哪里了，好好的不上班，干什么去了？

此话一出，张维似乎愣住了，直直地看着他。

他问怎么了？

好半天，张维才摇了摇头站起身说，看来你是真不明白。这样，我们俩一起去看看5楼上面的楼层如何？

他也起身，但他忽然想起这栋楼本来就只有5层，哪里还有上面的楼层？

你这是下逐客令还是故意忽悠我？他问。

都没有，张维说。我们不用去5楼就能看到之上的楼层。说着，张维把他带到了3楼的楼梯间。然后指着墙上的一幅图说，你仔细看这个。

他看到，那是一张楼层分布示意图，上面清晰地标识着，3楼：办公室主任、副主任，4楼：副县长，5楼：县长。但他并没有发现上面异常。

张维苦笑了一下说，你仔细看。

他再次盯着这张图，默默念叨，3楼是办公室主任，4楼是副县长，5楼是县长，那5楼之上呢？他恍然大悟，5楼上面一定是还有楼层的，且不仅仅是一层楼，还有很多很多层。

我明白了,他说,我之前一直没有考虑到 5 楼之上。我只知道自己要找 4 楼 5 楼,却没想起 4 楼 5 楼也要去找之上的楼层,我想早点找到他们,他们却更早点去找别人,难怪每次我都找不到。

张维说,我说你的悟性应该不低,果然。

那是当然。他说。你不是已经告诉我了吗?要去找 5 楼的,至少提前三天,找 4 楼的,至少提前两天,找 3 楼的,至少提前一天。

放假前的一天你应该做什么?张维问。

恰好这时,他的手机再一次响起。这回他迅速接通,然后边下楼边说,好,下午我在办公室。

如 雾

老板打来电话的时候,他刚好在办公室。本来是周末,无需加班、但最近烦心的事太多,周末在办公室无人打扰,也算是个静心的地方。

老板说,马上开车来接我,我在南山顶上,要快。

他愣了一下说,要不叫上司机小刘?

不要小刘来,你借辆民用车。老板说,你上来的时候注意些,山上雾大!

他随即下楼,让办公室主任把私家车送过来。天下着小雨,有些冷，刚进驾驶室他就发现自己的眼镜片上起了层雾。他用纸巾擦了擦，再戴上，眼前似乎清晰了许多。

之前，他是老板的秘书。跟了老板五年之后，他才到水务局任一把手。老板对他有知遇之恩，从不把他当外人，至今一些体己的事，都叫他给去办。他和老板之间，自然有着许多不为外人所知的事。

开着车，他心里开始纳闷。老板为什么此时在山上？要说周末老板去山上也正常，但是为什么这么急着回来？回来有急事也算正常，可是为什么不叫他自己的司机去接，偏偏要我去接，而且要用民用车？

最近传言不少，尤其教委主任和几个副职相继被检察院带走以后，有人说教委主任在里面列了一份名单，既有上面的又有下面的，说不准哪天检方就要来带人。他知道，教委主任一直和老板走得较近，谁也说不清楚他们之间有没有什么，老板此时急着喊自己去接他，难道事出有因？

他隐隐感到一丝不安。车开始爬山，行驶一段路之后，他忽然发现视线再次模糊，他赶紧减慢车速，取出纸巾将自己的镜片擦了擦。重新戴上眼镜之后，视线依旧不见好转。他仔细看了看，才发现是由于下雨，挡风玻璃上起了雾。

他不得不开启空调，除雾。待视线恢复，重新出发。

这期间，他给监察局长老蒋打了个电话。老蒋也是从办公室出去的，也为老板服务过几年。他问，最近什么风？

老蒋却没说话，直接给他把电话摁掉了。他愕然，什么意思？但几分钟后，老蒋把电话打了过来，老蒋说，最近风大雾大雨大。刚才市纪委来人了，说话不便。

与老板没关系吧？他问。

要见老板。等着呢，原因不详。老蒋说，老板已经知道了。老蒋又说，回头联系，说话不便。接着就挂了电话。

他感到自己的手心开始冒汗。难道老板要出事？老板这么急着下山，是为了见纪委的人还是另有所思，为什么叫我开民用车去接？

他加大油门，尽量加快车速。这时电话却响了，是办公室主任打来的。他问什么事？

办公室主任说，刚得到消息，市水务局的唐局长进去了。

他一惊，什么时候的事？

昨天晚上，据说在一个饭局上带走的。昨晚一夜未归，早上他家属去单位找人才知道被带走了。办公室主任说，你说，他会不会把咱们卖了？

你指什么？他问。其实他心里很清楚，就在几个月前，他和办公室主任一道，给唐局长送了一箱"子弹"，不然今年县里的项目指标也没这么理想。

不用我说了吧。办公室主任说，也许我们那点"子弹"人家根本没看在眼里。

别侥幸！他说，你没到那一步，就不知道他会做出什么事情来。

你的意思是？办公室主任问。

看着办，等会儿联系。他说着挂了电话。

接着，他看了看时间，再次加大油门。很快车就上了山顶，但他发现视线再次模糊，路面几乎看不清楚。教委主任？老板？唐局长？他脑子里反复跳跃着几个人的名字。

他打开空调，除雾，又取下眼镜擦了擦，但是做完这两件事之后，他发现视线依旧模糊。他看了看车窗外，原来这次是真的雾，车外白蒙蒙的一片，根本看不清山、路和植被。

电话却又响了。他赶紧接，是老板打来的。

你走到哪里了？老板问，语气依旧很急。

到山顶了，但是雾大，我估计我很快就要到您说的位置了。他说。

很好。老板说，你认识一个叫刘文生的包工头？

他一愣，说认识啊。就是做全县人饮工程的那个。

嗯，老板这时在电话里叹了口气。老板说，你现在努力把车往前开，过了山顶再往前 10 公里，就不是我们县的地界了。

你没在山上？他警惕地问。您没事吧？

我没事。老板的声音忽然哽咽了，你赶紧往前开，然后把电话扔掉。你的家人，我会找人安排好。

您说什么？他再次愣住。

我其实一直在自己的办公室里。老板说，市纪委要来带你走，等着我签字同意。我现在可以通知他们过来了。

他的视线再次模糊了。眼镜片上也立刻起了雾。他放眼望去，镜片上、挡风玻璃上、车窗外，全是蒙蒙眬眬的一片，全是白茫茫的雾，看不清哪里是山，哪里是路，哪里是植被。

雾真大啊。他叹了口气，猛踩了一脚油门，接着便传来轰隆一声巨响。

如 芽

接连几天,都有人来买树。无一例外,都是冲着那一株金桂来的。经过他这些年的精心培育,眼前这棵金桂树早已郁郁葱葱,每到8月花香四溢,十分醒目。

他很纳闷。树已经栽了多年,之前无人问津,为何这段时间频频有人来买。他思考再三,想起了给儿子通个电话。树由儿子当年所栽,卖与不卖,还应该征求儿子的意见。

电话接通,却瞬间被挂掉。他习以为常,儿子身居要职,经常开会、接待,接不了电话,正常。半小时后,儿子回了电话,说刚才正在大会上讲话。他说起有人买树的事情,儿子在电话里哈哈一笑,说有人愿意买你就卖吧,只要价格合适,一棵树也值不了几个钱。说完,儿子又要去开会,就挂了。

他回到自己的院子,再次打量这棵树。那是儿子在林场上班的时候栽的。那年儿子刚参加工作,有天儿子匆匆忙忙拿回了这棵树,当时这棵树还算不上树,连苗都不算,只能算芽。仅有两片嫩嫩的叶子,趴在一个塑料花钵里,并看不出是什么树。儿子说是林场落下不要的,扔了觉得可惜就拿了回来。然后儿子就和他一道将那株芽小心地移出,栽在了院子里。不想10多年过去了,当初弱不禁风的嫩芽已经长成今天枝繁叶茂的大树。儿子也和这棵树一样,不断变换岗位,一直走到今天。很多时候,他甚至觉得这棵树是和儿子的命运紧紧捆在一起的。

尽管买树的人不断前来,但他都一一拒绝。眼下,他并需要卖这棵树,这些年,儿子对他孝顺尤佳,物质生活早已经超出村里人许多倍,所以他根本就不想卖。偏偏来买树的人就是穷追不舍,价格也诱人。从最初的 5 万,现在有人竟然出到了 15 万,如果再这样一路高上去,他难免会心动。

这天,又有一个人来找他。来人 40 多岁,短寸头,戴眼镜,自我介绍说姓方,是专程来拜访他的。他想,可能又是来买树的。

果然,方先生开门见山,问起了这株金桂的种植具体时间。他也没避讳,就把当年种植的时间说了,然后问,你打算出多少钱?

方先生淡淡一笑说,别急于说价格,你不想知道我为什么会来这里吗?

他说正想问这个问题,这些天为什么老是有人来买这棵金桂树,而自己并没有对人说要卖。

我知道这棵树是你儿子种的。方先生说。

你怎么知道?

你儿子在一个会上谈到了这棵树,虽然是个小型的座谈会,还是有很多人知道了。你想想,在他的岗位上,谁不想离他近点,所以来买这棵树的人自然多。方先生说。

他沉吟片刻,看了看方先生说,这么说来,你不是来买树的?

我是你儿子以前在林场工作时的同事。我就是想来看看。方先生用手摸了摸树干,感叹道,当初那么小,长得真快!

当年他告诉过你栽这棵树的事情? 他问。

没有。方先生说,我是最近才知道他栽了这棵树。不过,方先生说到这里看了他一眼。

你请讲。他感觉到方先生还有话。

好吧。方先生说，当年我是林场苗圃的保管员，那年我们培植了 100 株金桂，可是后来发芽之后，却只剩了 99 株。这事领导们都没发现，只有我知道，但当时我也不知道这一株金桂去了哪里。

他觉得顿时额头冒汗。板下脸说，你的意思是我儿子偷回来的？可他告诉我说是林场不要的。

林场怎么会不要，你不知道当时培养一株金桂是多么不容易，跟宝贝似的，哪里舍得丢。方先生叹了口气说，如果不是最近听到有人到你们家来买金桂的事情，我怎么也不会联想到是你儿子拿了一株回来。而这棵树栽种的时间，正好吻合。

他顿时脸色惨白。他中年得子，尽管家境贫困，但他拼尽全力才把儿子送到大学毕业。儿子工作后，一直是家庭的顶梁柱，更是他的骄傲。却不想，儿子的背后却有如此不为人知的的故事。他狠狠踩了踩脚说，早知道是这样，当年我肯定不会让他栽！

方先生淡淡一笑说，要是你当年阻止了，就好了。有些东西一旦种下了，就会疯狂生长，枝繁叶茂。现在，这棵树已经不是你的了。

是谁的？他奇怪了，还能有谁的？

有人已经给了 30 万早将树买下，你儿子已经收了钱。方先生说，现在只不过没来移栽而已。

他从没告诉我已经卖了，难道你今天就是来移栽的？他问。

不，方先生说，我是来取证的。方先生亮出一个工作证说，我现在在检察院工作。你儿子涉案金额巨大，半个小时前已经被我的同事带走。

他惊恐不已，赶紧拨打儿子的电话，却被告知关机。再打，依旧是关机。

这哪里是金桂树，这分明是他种下的罪孽！他顿时瘫坐在地上。

如 草

上一次他回老家的时候，正逢老家修水库。几十号人一起打夯，竟然采取的是最原始的方式。一起喊号子，一起将打夯的石头反复往地上砸。当石头被抬起，原始的劳动号子从赤着胳膊的汉子们口中齐声发出的时候，他彻底震撼了，他立刻觉得自己身上有一股特别强大的力量。

临走的时候，说不清为什么，他捧了一捧脚下的黄土，用一个袋子装了回去。

他把这捧土带到了单位，并用一个小罐子装了起来。他原打算用这捧土种点什么花。可是一回到单位就很忙，一直没抽出时间到花市去买种子。当他想挤出时间种点什么在里面的时候，他却意外地发现，不知何时，土里已经冒出了几根嫩芽。

他知道，那一定是野草。只有草才有这么顽强的生命力。他淡然一笑，也罢，索性就让这株野草留下。

在许多人看来，他的单位一定是个好单位。在省厅级所有部门中,位居前列,职能中不乏重要的审批权限。但在单位中,他却是平凡无奇的一类人。

他身高不足170cm,与单位的其他人相比,总矮出别人一截,这让他特别不自信。同时让他不自信的,还有学历。他的初学历也仅为中等师范学校毕业。在单位里,清华北大的博士随处可见,有海归经历的也是一抓一大把。他常常认为,自己就是一只淹没在鹤群里的鸡。

虽然在单位里,他也一直忙碌着,但他知道自己的平凡,纵然自己怎么努力,都难以出众。

日子平淡无奇。那株野草却逐渐长起来了,最初的两片芽变成了四片,接着四片芽变成了两根茎,茎逐渐长高,整株草就丰满了,绿莹莹的,分外醒目。

一个偶然的机会,单位要开展中层干部竞聘了。他看了看规则,自己虽然符合报名资格,但整个单位符合报名条件的人比比皆是。而且在接下来的众多考核中,他毫希望。他当即决定不报名。

报名截止的最后一天,他坐在办公室里发呆。一个同事跑过来问他,你花盆里种的是什么植物?他淡淡一笑说,不是种的,是自然生长的野草。但同事怎么都不信,这怎么会是草呢?他说,这真的是草,在我们老家随处可见。同事笑着说,你不想说就算了,估计很珍稀,理解理解。说完同事就走了。

他开始仔细打量这株草,不就是一株平常的野草么?他们怎么会觉得珍稀呢?那一刻他灵光一现,毅然决定报名参加竞聘。

竞聘的第一关是演讲。内容大致是说自己参加竞聘的优势。轮到他的时候,他抱着自己的一株野草走上演讲台。

没有紧张，也没有刻意准备，一切在他口中娓娓道来：

我原本没有打算报名，因为我觉得自己没有可能。可是现在我站到了这里，我想说说我自己。我和在座的诸位不一样，我没有专业性的学习，更没有高端的学历，我的起点，只是一个乡村小学教师。但是我想说的是，今天我在这里，和你们大家一道共同参与这次竞聘，绝非偶然。我同样通过自己一步一步打拼和努力走到了今天，不管之前我们各自有什么经历，至少此刻我们都站在了同一起跑线上。

这时他举起了手中那盆草，继续说：

就在昨天，有同事问我这是养的一株什么植物。其实这就是我们老家的土壤里自然长出的一根野草。我更没有刻意去养它，大家看看，我相信许多人不认识它，可它其实就是一株在我们老家随处可见的野草。这不禁让我想到了我自己。对于在座的大家而言，我何尝不是一根野草，对于我这样一个低起点和非专业的人员而言，出现在这里本来是意外。但这个意外的背后，也是必然，因为对于一株野草而言，必须明白，如果今天不努力，就没有明天。所以 10 年前，在你们读高中的时候，我已经站在了三尺讲台；当你们跨入大学的时候，我已经在县政府起草重要文件了；当你们读研究生读博士的时候，我已经先后在三个乡镇任职，负责了 10 公里高速公路建设、19 万平方米移民房屋拆迁，32 万平方美丽乡村建设。而后来，你们考到了这里，我殊途同归同样考到了这里。

我就是这株野草，野草如我。我没有华丽的外表，却有着顽强的生命力。我无法吸收充足的营养，但有着充分的适应力。我可能结不出绚丽的果实，但我也会让自己枝繁叶茂。请相信一株野草的坚韧和拼劲,谢谢!

他将那株草高高举过头顶,台下却掌声如雷。

如　磁

思考再三,他才决定打电话给她。

对他来说,这是一次十分难得的机会。他在这个单位做了五年副职了,总算等来了一线生机。单位"一把手"刚刚调任其他地方,暂时由他主持全局工作。就在昨天,领导亲自找他谈了一次话,领导对他的工作和能力给予了高度肯定。不过,领导说,按照区里新的干部人事制度改革要求,部门"一把手"必须通过"PK"竞职上岗。尽管区里的两位主要领导都倾向于他,但"PK"这个程序必须得走。为保障"PK"结果与组织意图一致,领导建议由他自己邀请一个可靠的人选参与报名,然后结果就顺理成章了。

谁是这个可靠的人呢? 在他看来,非她莫属了。

她也在一个单位当副职。任职条件和他相当。在许多人看来,她是一个不折不扣的女强人。只有他知道,光鲜靓丽的她更是一个妩媚动人的女人,尤其在床上妩媚无比。

他和她是同时当上副职的。新任领导干部培训的时候,他发现她的目光一直围绕着他。他无法躲避,她身上吸引他的东西太多,眼神、举止、身段、发型、甚至声音。培训尚未结束,她就在一次午休的时候躺到了他的怀里。他抚摸着她的头发问，我们为什么会这样？她略加思索，笑道，我们像磁铁，你吸引了我，我吸引着你，这么近的距离，能不碰到一起？

他哈哈大笑，那我是南极，你是北极了？

你说呢？然后她用嘴堵住了他的嘴。

接下来的几年，他们在同僚面前表现得十分平常。但略有机会，他们都会想方设法见面。有时，仅仅是见一面，什么都不做，甚至不说话，哪怕是擦肩而过。他们还经常有机会一同出席会议，一同下乡调研。有时，就算见不了面，他们也会打一通电话，记不起谁先打给谁，当然是用特别准备的号码打，说工作上的困惑，家庭的困惑，人生的困惑。

他问她，排除其他不可回避的因素，我们算不算如胶似漆了？

错了，她说，我们是磁铁，紧紧相吸。

现在，他把电话打给了她，把组织意图给她讲了，然后问，这个关键时候，舍你其谁？帮帮我吧。

她欣然应允。他知道，她当然会应允。

"PK"分两个步骤，先是竞聘对象分别演讲，最后由常委会投票表决。按照预先安排，只要她在演讲过程中表现平平，他后面就非常顺利了。

当天，他踌躇满志，加上精心准备过的演讲稿，他口若悬河，演讲十分成功。她没有准备稿件，随口而谈，明显有应付的成分，虽然演讲的效果也算理想，但在他看来，已经远不如自己。当然，这正是自己计划中的事情，自然是没有意外。

但常委会的票决结果却让他大跌眼镜，立刻将他打入冰窖：她上了，他却落选。

这怎么可能呢？

当他百思不得其解的时候，常委班子有人给他透出内部消息：就在她答应报名之后，她迅速找人活动关系，把常委班子里的领导都想方设法拉了一遍。而他却疏忽了。

他懊悔不已，同时也愤怒不已。他迅速拨通她的电话，不等她开口，他劈头就问，你什么意思，敢情我给自己挖了个坑？

她哈哈一笑，忽然口气一转说，需要什么意思？你以为就你想往上爬，我就不能想？别忘了，你当了多少年副职，我就当了多少年副职！你有理想有抱负，我也有！

他怒斥道，和我好的时候，你口口声声说我们俩是磁铁，你现在算什么？

她再次哈哈大笑，说，现在还是磁铁啊，因为在身体上，我们是异性，吸引对方是自然而然。但是在面对同一个职位的时候，我们就是同僚，就是磁铁的同极，同极还能相吸么？

不容他说话，电话里已经传来忙音。

如　烟

这间办公室，被人称为机关的文字作坊。因为在下面写材料多次得到肯定，他被借调到了这里。领导说，表现得好就把他调进来。他信心十足。

在他进来之前，就已经有了两个"元老"级正式"写手"在里面。这两人一个姓张，一个姓李，他分别叫他们张哥、李哥。

在办公室相处了仅仅半天，他就发现两个"元老"有很多共同点。有两处最为明显，一是两人都特别爱抽烟，一支接一支，一盒接一盒，抽得整个办公室云雾缭绕，据说办公室的消防警报因为他们还专门改装过。另一个共同点就是两人做什么事情都不积极，不关自己的事情坚决不会做，该自己做的也能拖就拖，能推就推。

这两个"元老"的共同点，恰恰都与他的兴趣相反。他不抽烟，甚至不理解人们为什么要生产烟，为什么要自寻苦楚，为什么明明知道有害却偏偏要抽。他工作积极，该他做的，他会加班加点，在第一时间完成。即使不该他做的，只要是他有空，都会主动去做。

看到他每天进进出出，两个"元老"对他报以微笑，然后认真地打游戏。看到他被烟熏得连续咳嗽，他们不但不停止，反而递给他一支烟说，点上。

他摇头，我坚决不抽烟。

都说文章几根筋，全靠烟来熏。干这活，尤其在机关，你迟早会抽烟，而且是主动抽。我敢打赌。张哥说。

我说不抽，就一定不抽。他再次强调。他觉得，自己与这两个人是有距离的，在兴趣上，在奋斗目标上。

一段时间过去了，他的进步很快。领导开始把越来越重要的材料交给他来撰写。他为自己高兴，毕竟，努力能看到成效。这种高兴，让他主动写材料的愿望越来越强烈。写，他认为就是在对自己的锻炼，写了，自己就能提高，就能得到领导的肯定，离自己调进来的目标也就越来越近。

但他也渐渐发现，自己和张、李二人每天说的话越来越少。由于没什么事情做，张、李两个人几乎天天打游戏。所有的材料都由他在承担。

又一个任务落到了手里。本来这个任务不归他，甚至不是他们办公室写。但正是自己闲着没事，他就在别人推托的时候，主动接过了这个任务。

领导很满意他的表现。

这是一个经济方面的材料，里面涉及数据资料特别多。为此，他花了整整一天查数据，然后又连续加了两个夜班，才将材料顺利完成。上交材料那一刻，他如释重负，但依旧信心十足。材料上交后第二天顺利下发。

事情的转机，也就是从这个材料开始的。

这天，领导把他叫进了自己的办公室。领导很严肃，问，这个材料是你写的？

他点头。

领导脸上很不高兴了。他从来没见领导这么不高兴过。领导说，你自己看看，这个材料有两处重大错误。我当时还修改过，你为什么没改掉？

他一愣，赶紧拿出领导的修改稿和正式文件对比。果然，有两处措辞没改掉。他想起了，领导给他修改稿的时候，正是凌晨两点左右，当时天下着大雨，他跑到领导家拿到修改稿时，已经淋得像落汤鸡。领导指出了几个主要问题，回到办公室时，他连衣服都没顾上换就修改了。换了衣服再回来时，他就忘记看看领导对其他地方还有没有细小的修改。就是这样的疏忽，导致了错误产生。

领导语重心长地批评了他一顿,并说,他来这段日子,与同事相处得好像也不是很好,希望他注意。他点头称是。领导最后说,对于文字错误,单位有规定。按规定,你必须在职工大会上当面检讨,并形成书面材料。如果第二次再犯类似错误,像你这种借调来的,就直接回原单位吧。

领导的话并不重。他却觉得掉入了冰窟窿。所有的希望似乎在一瞬间泯灭了。他说不出为什么难受,更找不到方式来发泄自己的难受。他想哭,想喊,想说自己委屈。可是他不能。面对他的只有两个字:接受。

他低着头,一声不吭地进了办公室,办公室里依旧烟雾袅绕,两个"元老"正盯自己的电脑屏幕玩得正酣。他没看他们,走到自己的位置上坐了下来,愣愣地。刚坐下来,剧烈的烟就呛得他咳嗽。

就在这时,一支烟递到了他的面前。他扭头,张、李二人同时站在了他的旁边。递烟的是姓张的元老,他说,兄弟,现在是不是特别闷? 要待在机关,闷的时候多着呢。闷就抽吧。姓张的又说,最初,我们都是不抽烟的。

他觉得自己的眼圈红了,说不出为什么,忽然间他觉得身边的两个人和自己一下子就近了,他第一次感觉到,其实从第一天踏进机关开始,他们三个就注定了是相同、相似的,唯一的不同,只不过是时间的先后而已。

他迅速将烟叼在了嘴上,然后说,李哥,借个火。

如 叶

老余打来电话,邀他一起去乡下调研。他本想回绝,但老余说,你不想去看看茶海?他瞬间就屈服了。

茶海是老余手里的一个新项目,号称 5000 亩,区领导在大会上专程表扬过这个项目。他倒不是在乎这个项目,而是本身对茶叶感兴趣,他一直嗜茶如命,尤其是最近。换届在即,后备多年的他本来有望上升一格,不料传出消息他再次没戏。这些天来他一直觉得身体不好,说不出哪里出了毛病,挺没精神,什么都不想做,就连有时候领导安排工作他也是能推就推。唯有喝喝茶能提神。他曾在老余面前自诩品茶专家,不料老余当即回了他一句,你知道茶叶怎么种怎么采吗?他当即呛得无语,就冲这个,他必须去趟老余的茶海。

此时正值初春,一路上阳光明媚,鸟语花香。老余不停地说些不荤不素的段子,他却闭目养神,偶尔笑笑,尽量做个安静的听众。约莫一个小时后,车在一个半山腰停了下来。老余张开双臂作拥抱状,然后对他说,看看吧。

他放眼望去,顿时震惊。目光所及之处全是绿油油的茶叶,上千亩茶叶俨然形成一个绿油油的海洋。这些茶树高矮整齐,植株大小几乎一致,且纵横排列有序,无论是规模还是管理,都让人眼前一亮。

这时，一个拿着半导体的年轻人出现在他们面前。年轻人开始向调研组一行介绍基地的投资、建设和管理情况。年轻人仪态大方，表达得体，没用任何稿子却将整个基地的情况介绍得清清楚楚。

老余指着年轻人说，这是基地的负责人，基地从创建到现在，只有短短三年时间，全是他这样一个三十出头的年轻人一手抓起来的，很让我欣慰。

人才啊，你手里可真是藏龙卧虎。他问老余，这小伙子叫什么名字？

老余看了他一眼，笑而不语。片刻之后，老余冲年轻人招招手，年轻人就来到了跟前。老余说，你给李局讲讲茶叶的种植吧。

他不解地看了老余一眼。老余却伸了个懒腰，转身不理他。

李局，年轻人热情地和他打招呼，然后说，早知道您是品茶的专家，我今天就献丑给您介绍一下茶叶的种植。

他不好意思拒绝，也不明白老余什么意思。只象征性地听着年轻人的介绍，年轻人口若悬河，从选址到栽种讲得很细。他打断年轻人，问，我就想知道，决定茶叶好坏的关键因素是什么？

年轻人笑了笑，随手摘了两片茶叶，然后放到他手里说，您看看这两片茶叶有什么区别？

他低头看了看，放到他手里的茶叶，一片大一片小，大的颜色较深，小的颜色较浅。他有些不耐烦地说，你直接告诉我吧。

年轻人说，其实简单，就是两个字，阳光。这颜色越深的茶叶，一定阳光照射越充分，味道也就越好。同一株树上，因为阳光照射程度不一样，不同方位的茶叶就存在色差。这么说吧，同一片叶子，颜色深的一定是正面，颜色浅的一定是背面。

很透彻,他说,我明白了,看来阳光才是关键。

年轻人说是的,世界上的任何一片健康成长的叶子,都是阳光充分照射的结果。

这时老余插了过来。老余挥挥手示意年轻人离开。待年轻人走远,老余问,你果真不认得他?

他一愣,再次仔细打量,发现年轻人确有几分面熟,但始终记不起哪里见过。

老李啊老李,眼前这个人可是你亲手让给我的,老余说,他叫庹松,记得不?

他瞬间就对上了号。他的下属里,确实有一个叫庹松的人,他之所以记得这个名字,是因为这个名字复杂,不好认。单位里好几百号人,许多人的名字他都记不住。虽然记住了名字,但他之前也并不认识这个人,庹松在他的单位里一直平庸无奇,至少当时没有进入他的视野范围内。后来调到老余的单位里去,他没有丝毫犹豫就签字放了行。

他在我那边并没表现出什么才华,怎么到了你这里就华丽转身了?他大为不解。

老余笑了笑说,他的才华一直在,只是我给了他需要的阳光而已。老余又说,有时候,有的人缺的仅仅是阳光。

他抬头,望了望天上,豁然开朗。

如 弈

　　阳春三月,农家小院里已经繁花似锦。阳光温暖地照耀着,几只鸡在悠闲地散着步。这里没有城市的喧嚣,更没有无尽的琐事和烦恼。有的却是一盘棋,一份对弈的心情。

　　他轻轻拿起一颗棋子,问坐在对面的李长明,你怎么找到我这里来的?

　　李长明笑了笑,说,这儿是你的家,也是我的故乡啊。别人不知道,我还能不知道?

　　他端详着李长明,整整三十年他们没见过面了。敲门声刚响起的时候,他还十分警惕。如果不是李长明自报家门,他真认不出他,也就不会为他开门。多年不见,李长明依旧那么消瘦,现在头发都已经花白了,脸上也有了深浅不一的皱纹。他再一次感受到,时间不留人,有许多东西都一去不复返。似乎就在昨天,他还和李长明同坐在一间教室同睡一张床,就连这象棋,都还是他亲自教李长明下的呢。

　　棋盘很大,中间楚河汉界的红线十分醒目。下象棋一直是他的爱好,这么多年来,但凡有空他都喜欢杀两盘。他甚至觉得,人有时候就是生活在一盘棋中,总是在成败起伏间度过的。但多年来,他一直没遇到几个对手。难得今天,老同学竟然登门对弈。

　　他将棋子摆好,然后对李长明说,你先走,要不要我让你一个

"车"？

李长明说，三十年不见，你还觉得我下得那么臭？说着，李长明从自己的棋子里拿走了一"车"一"马"一"炮"。李长明笑着说，我既然专门来讨教，就是要改变当年的格局。

他心里有了些不高兴。没想到李长明如此自信，难道这三十年里他真成象棋高手了？但他没有把自己的不高兴表现出来，他想，棋还没开始，还是由最后的胜败来说明一切。他说，那承让了。说完，就走了第一步。

几步走开，他的棋很有杀伤力，步步逼近，而李长明似乎进攻性不强，招架得多。他心里一愣，棋艺并不见长啊？于是他看了看皱着眉头的李长明说，这些年你都在做什么？我只知道你毕业后去当了兵，后面就很少听到你的消息了。

李长明看了他一眼，说，退伍后，我就转移到地方，先是教书，后来又去从事文字工作，三十年来几乎是在辗转中度过的。现在在一个普通单位做干事，都这把年龄了，马上靠岸了。

他哦了一声，说，生活平淡点反而好。接着他举起一颗棋子，有力地落下，说，将军。

李长明的脸上有些惊讶，但随即就镇定下来。李长明说，威风不减啊。接着李长明就开始了防守。虽然李长明剩下的棋子已经不多，但防守却真的有一套，不管他如何进攻，李长明总是能巧妙地化险为夷。

他开始觉得这盘棋有意思了。至少在他这么多年来的对弈中，还很少遇到李长明这种对手的。棋逢对手，下着也才有意思。于是，他集中兵力，对李长明进行大规模围攻。他看到，李长明的防守越来越困难，越来越棘手。他甚至看到，李长明的额头，似乎有了汗水。

终于，李长明举着一颗棋子，并不落下。久久凝视着棋盘。

他哈哈一阵笑，说，老同学，你让了我三颗棋子，输了也不失颜面。

李长明依旧将棋子拿在手中，笑了笑说，老同学看来，我这局输定了？

他说，也不一定，说不准你能出奇制胜呢？

李长明深邃地看了看他，然后缓缓地将手中的棋子放到他的"老爷"旁边，说，将军。

他随即一愣，立马回头过来看自己的棋，却发现"老爷"已经无法动弹。霎时，他的脸煞白。他咬咬牙，半天才叹了口气说，我真没想到，竟然这样输了！

知道这盘棋你为什么会输吗？

他说，愿闻其详。

李长明说，我让了你三颗重要的棋子，你已经很占优势。而且你进攻很猛，我开初几乎连招架都成问题。可是，你却忽略了一个重要问题。

什么问题？他大为不解。

你只想着如何步步取胜，如何置对手于死地，却忘记了下棋的根本目的。李长明说。

哦？他有些惊讶地看着李长明，问，根本目的是什么？

李长明叹了口气说，不管棋怎么下，我们的根本目的就是要保护自己的老爷，换句话说就是要"忠"，而不是用老爷的力量去寻求厮杀的快感。

他一愣，随即大笑说，很精辟，再来！

李长明站起身，抬手看了看时间，说，不了。我的同事们已经在外面等了太长时间了，该走了吧。接着，李长明掏出了一副明晃晃的手铐。

他的笑容顿时僵在了脸上。此前，从农村一步一步走出来的他一直身居要职，自从事情败露以后，他就从省城偷偷跑回了乡下老家。他知道这一天迟早会来，但没有想到来接自己的竟是老同学李长明。看着一脸严肃的李长明，他突然明白，自己一生所有的成败，就宛若这盘棋。

他默默起身，伸出了双手。

机 会

早上 8 点刚过，雨却下得正欢。

马三宝的车内放着轻音乐，透着一股幽幽的暗香。余弦扬手看了看时间，又瞟了一眼路面上不断跳跃的水花，眉头就皱了一下。马三宝立刻心领神会，赶紧踩了一脚油门说，没事，弦哥放心，时间足够，我保证在他到达前平安把你送到镇政府。

你就吹吧，注意安全。余弦说。

余弦本来不想坐马三宝的车，一百多万的宝马，太扎眼。但今天实在有事，镇里的上班车又出故障了，正在余弦焦急的时候，马三宝过来了。马三宝说，我送你，顺便我也见识一下新来的一把手什么样。余弦就没再犹豫，只想着早点到达单位。

放心,车带防滑系统的。马三宝说,对了,弦哥,你们新来的头儿叫什么名字,你了解么?

只知道叫郑希,之前都没听说过。余弦说。

那你可得注意点,估计还是有些来头,否则就不能直接当了一把手。马三宝撇了下嘴,脸上的两坨肥肉立即垂下来。

说话间,马三宝猛然踩了脚刹车。余弦抬头,只见一辆小型面包车停在前面,几个农民打扮的人正打开门往车上钻。

马三宝超车上前,脸上的两坨肥肉立刻横向拉开,嗓门里沙子般的声音就飞向了面包车,奶奶的,怎么开车的,什么地方都停。接着一踏油门,就把一地泥水甩给了面包车。非法客运,一定是非法客运,弦哥你们要好好管管。马三宝说。

开车,好好开。余弦说,要管也得把新的头儿安顿下来后再管。

遵命!马三宝抬手做了个手势。

话音未落,车身突然一摆,随着一声刺耳的刹车声,车侧翻在边沟里。

马三宝斜起身子爬出来时候,余弦已经站在了马路上。见马三宝没事,余弦瞪了他一眼说,叫你好好开,你手忙脚乱,现在怎么弄?

我的错,我的错,马三宝移动着水桶般的身子,掏出电话说,我马上叫车过来。

来不及了!余弦说,拦车,赶紧地。

哎,好好好。马三宝赶紧伸出手在雨中挥舞。

几分钟后,一辆面包车停在面前。余弦和马三宝都知道,这就是刚才挨骂的那辆车。

马三宝对面包车驾驶员说，两个人，到镇政府多少钱？

面包车驾驶员伸出头来看了看余弦和马三宝，说，你们人没事吧？

人好好的，你说，多少钱？马三宝说。

先上来吧，驾驶员说。

余弦就上了车，马三宝也跟着上来了。余弦看了他一眼，马三宝赶紧说，车就扔在这里，保险公司自会来处理，我和你一起去。

余弦一上车，就找了个靠窗的位置坐了下来。但马三宝身体较胖，中间的座位明显坐不了。马三宝佝着身子，对坐在中间的一个老头说，你，让让。老头瞥了他一眼，并不说话，把目光转向了窗外。

也罢，你是大爷，我算是虎落平阳，我坐后面。马三宝把自己的硕大的身体放在后排座位上，然后笑了笑看着余弦。余弦没说话，只是抬手看了看手表。

师傅，能不能开快点？马三宝立刻明白了余弦的心思，对着驾驶员催促道。

安全第一，这下雨天不能跑得太快。驾驶员说。

我喊你跑快点，你就跑快点，早点到我多给钱。马三宝说。

不是钱的问题，安全第一。驾驶员说。

我说你这个人，是技术不好还是怎么的？开得慢腾腾的还找理由。我可告诉你，你知道车上坐的什么人？你这车整个就是一起非法客运，就不怕被打击？马三宝的腮帮顿时鼓了起来。

我不管车上坐了什么人，安全第一。驾驶员说。

你很注意安全，那我就告诉你，坐在你车上的，就是镇里分管安全的余镇长。就你这车，查你有一百个理由。马三宝说。

那我就真的不敢开了。驾驶员说着，吱的一声把车停住了。

余弦立刻皱起了眉头，然后说，师傅，别听他的，我赶时间。

驾驶员扭头看了看余弦说，你就是余镇长，管安全的？

余弦瞟了他一眼，说我就是的，你快开车。

这时，一直坐在旁边的老头说话了。老头说，师傅，也不急着开，谁要查就让他查。接着老头对余弦说，人家这是自用车，并不是非法客运，他是免费载客，能带你们走，你们就知足吧！

开个面包车自用，还免费载客？马三宝说，老头，你们一伙的吧？

我就是一个搭顺风车的，不过我倒宁愿跟他一伙。老头说。

老先生说得没错，我的车就是私人用车，我不会收他们的钱，也不会收你们的钱。现在，你们可以下车了。面包车驾驶员说。

余弦的脸色就不好看了。余弦说，你说你是私用车？现在谁还买这种破面包车私用？不要以为我看不出来，我告诉你，我们查这种非法客运查得可多了。

驾驶员看了看余弦，然后一字一顿地说，车，不在乎贵贱，实用就行，就跟当官一样，不在乎大小，群众认可才行。你说呢？

你说得有道理，很有道理！余弦看了看手表，呼啦一声站了起来，然后厉声说道，我现在以分管安全的副镇长的身份正式通知你，你的车涉嫌非法客运，请立即将车辆连同乘客一起开到镇政府接受处罚！

快点开啊，马三宝说，嘿嘿，你这下玩大了。

好，既然镇长这么说了，我马上开。驾驶员苦笑了一下，立刻启动了汽车。

十几分钟后，车到了镇政府院子内。镇里的干部们都已经站在了门厅处，镇长也在。

你们在这里等着！余弦对面包车上的人说，然后赶紧跳下车，跑到门厅处。他迅速捋了捋被雨水淋湿的头发对镇长说，不好意思，路上耽搁了一下，头儿还没到吧？

再等等，应该快了。镇长说。

不用等了。镇长话音未落，就有人大声回了一声。循声望去，只见面包车车门缓缓打开，驾驶员随后下车，径直走到了余弦面前，然后伸出手说，余镇长好，我是你的新同事郑希，谢谢你给我机会让我送你。

余弦连忙伸出手，这时他看见，站在郑希身后的马三宝脸上的肉早已经上下拉开，嘴定格成一个标准的"o"形。

提线木偶

手机又震动了起来。成同抓起手机，把头从电脑屏幕里拔出来，然后就想骂娘。

不是给你说了吗？今天没时间，明天我一定来交。成同说。成同以为，又是银行催按揭的来了。稀饭可以不吃，但成同从来就没有把按揭的钱落下。也就耽搁了一天时间，银行今天催了好几次。

电话里没反应，还一个劲儿抖动。仔细一看，成同发现抖动不是因为来了电话,而是自己之前设置了一个事件提醒:下午4点半,接女儿。

成同猛地拍了下头。平常接女儿,都是家里老太太去。可今天不行,今天是老太太的生日,难得清闲,就被妹妹接去玩了,晚上,成同还得去把老太太接回来。老太太接不了,也不能让妻子去接,妻子刚到新的岗位,岂能说走就走?本来自己也不能走,忙,太忙,但这事自己不去,谁去?

成同算好了时间,从办公室下楼,电梯不等的话,3分钟,然后去学校,不堵车10分钟,再从学校到家5分钟,这样一去一回,起码也得半个小时。成同环顾了一下四周,然后跟对面的同事说,我出去一下,主任找我就告诉我一声。同事点了点头。

顺利地下了楼,顺利地到了学校。偏偏女儿的班还没有放学,成同在窗外听了听,老师在给小朋友们说,学校马上要搞一个文艺演出,叫小朋友回家告诉爸爸妈妈,要交200元服装费。成同等了5分钟,女儿总算出来了。载着女儿,成同一路往前赶。女儿说,爸爸,学校要交服装费,要不,我不去跳舞吧,要200呢。成同笑了一下,怎么能不去呢,交。女儿又说,可昨晚我还听见你和妈妈为按揭的钱吵架。成同说,瞎说。女儿又说,今天奶奶生日,晚上你总得买点礼物吧?成同说,买。

总算到了家门口。成同没让女儿进自己家,而是敲开了邻居家的门。成同跟邻居说好了,自己下班以前,让邻居帮忙照看一下女儿。女儿在邻居家门口,看了看成同说,你去忙吧,晚上回家别忘记在我的家庭作业上签字。

成同心里有点酸酸的味道。

电话这时又震动了。是同事打来的,说主任找你呢,我说你去厕所了，你快点回来。

成同扭头就往办公室赶。到了办公室一看时间，正好去了半个小时。成同调整了一下呼吸，敲开了主任的门。

主任看了看成同说，肚子不舒服？去厕所的时间不短。

成同笑了笑，说，主任找我？

主任让成同坐下，然后扔给成同一支烟。主任还掏出了打火机。成同赶紧接过来，先给主任点上。主任就说话了，主任说，你要沉住气，你那个科长的事，本来就要下文了，也不知道是什么原因，上面的领导说还要缓一缓，我也挺为难的。

烟吸得有些猛，成同咳嗽了起来。

主任说，你没事吧。

成同说没事。这没关系，你放心吧主任，能不能上去，我都会和以前一样工作的。成同没撒谎，上次有个事情，比这个打击还大，成同打算去自杀，但到最后关头没杀成。其实并没有人阻止他，但似乎又有很多理由无形地阻止了他，所以成同咬咬牙，也就过来了。

主任说，很好，我就喜欢你这样的性格。主任又说，晚上剧团有场戏，我很迷那玩意儿，你把手里的事情推一推，陪我去看看。

成同站起身，本想说点什么，可是主任的语气不容置辩。主任又说，下班就去，剧团准备了晚餐。

成同回到办公室，给妻子发了个短消息：到邻居家接女儿，晚饭不等我，饭后我再去接老太太。妻子马上就回了个消息过来：有你没你都一样！

成同坐下来，又把头扎进电脑的显示屏里。下班前，成同得把这个文件起草完毕，明天必须下发，否则当前的工作就推不进了。可这时成同心里很乱，乱成一锅粥，桌面上的文字，瞬间就变成了老太太慈祥的脸、女儿懂事的脸、妻子愤怒的脸、主任严肃的脸……成同点了支烟，努力让自己平静下来。

手机又震动了。是自己最要好的朋友小韩打来的。小韩说，成同，不要告诉我你今天又没有空，不就是托你办件小事嘛，事能不能办无所谓，我们好久没聚了，吃个饭不可以啊？

成同说，兄弟，真没时间，真的真的，周末我请你。

小韩有些生气了，你换点台词不行啊，我还不了解你，你蒙不了我。我知道你忙，这样吧，晚一点，六点半，小半仙餐厅，不来就是看不起我这个兄弟了。接着小韩就挂了电话。

成同叹了口气，又叹了口气。这时办公室桌上的电话又响了，是门卫室打来的。门卫老张说，成同啊，门口来了一大群人，说是为了上次征地的事非得找你，你赶紧下来一趟吧。

成同费了九牛二虎之力，才将上访的群众说服。刚想上楼，主任的车就到了门口，主任打了声喇叭说，上车吧。

成同叹了口气，没想到这么快就到了下班时间，文件没完成，晚上又得加班。

到了剧团，里面已经准备齐备。主任和成同一入座，晚餐就上来了。餐桌前面，就是舞台。一边吃，就一边开演。

屏幕拉开，并不见人，只见几个木偶吊在空中。成同才知道，今天演的是木偶戏，是非物质文化保护的项目。

本来成同一点也不喜欢看戏，但看木偶戏，倒是头一回。仔细看那些木偶，雕刻得有模有样，只是手、脚、头甚至全身的大小关节，都被一根根细线连着。玩偶人倒也技艺娴熟，只见上上下下不断拉动那些线，想木偶人的手抬起来，就熟练地拉动连着手的线,想木偶人的脚就动起来,就迅速拉动连着木偶人脚的线。想哪里动,就拉哪里,想怎么动,就怎么拉。这样随着线的拉动,木偶人的一举一动就显得有板有眼,活脱脱的一个人样。再配上声音和音乐,戏就有了看头。

戏是个好东西,人一旦入了戏,就成了戏中人,和他们一起喜一起悲,会把身边的很多事情忘得干干净净。不知不觉,几个小时就过去了。

突然当的一声锣响,所有的线条停止了拉动,舞台上的木偶人瞬间失去生命,成了实实在在的木头悬在空中,像僵尸。成同也在一瞬间回过了神,他哎呀一声,立马掏出手机,时间已近9点,手机屏幕上面赫然显示着有13个未接来电,其中:妻子打了3个,老太太和妹妹各打了2个,小韩打了2个,办公室打了1个,还有几个不熟悉的号码。

顿时,成同手脚无措。

机关制造

易如初打来电话之前,他正皱着眉头。

他拿起笔,在稿子上划了一下说,公文字体不对。又划了一下说,行文方式也不对。然后他抬起头,瞟了一眼对方说,你居然留着长头发,穿着花衬衣?你以为还在过随心所欲的校园生活么?

他的面前,站着一个惴惴不安的年轻人。此时他的话如一记勾拳猛然击中对方,年轻人立刻脸色发红,佝着身子不敢直视他。

他顿了一下说,念你初进机关,不过多责怪你,一个星期内,必须改变!

年轻人如释重负,连忙双手捧起稿子,迅速退出了他的办公室。

易如初的电话就在这时候打进来的。他犹豫了一下,接了。易如初开门见山地说,你想好了吗,参不参加?

易如初是他的老同事。10 年前,他在甲县文化馆搞美术创作,易如初就和他在同一个创作室。易如初擅长油画,而他擅长素描,当年两人在小县城里也算颇有名气。只是 10 年之后,他已经在乙县主政一方,易如初依旧在甲县文化馆搞美术创作。10 年来,他和易如初一直没有联系。就在三天前,易如初突然联系到他,一阵寒暄之后才说甲县文化馆马上 80 周年馆庆,想搞一次画展。易如初说你可是咱们文化馆原来的素描大师,你的作品是万万不能少的。

他当即愣住了,整整 10 年,他从未提笔画过画,连他自己也快忘记了曾经是文化馆的美术创作员。易如初的提醒倒是唤起了他不少回忆。想当初他也曾留着一头飘逸的长发,过着无拘无束的自由生活。

他笑着告诉易如初说,我多年没画了,没有作品如何去参展啊?其实还有一个原因他没告诉易如初,他现在的身份,也不方便去掺和那些事,说不准就会弄出些意外来,还是小心为妙。

易如初哈哈大笑说,你当年的画稿我都存着呢,只要你答应,我署上你的名字直接参展就是了。

即便如此,他依旧顾虑很多。他不好直接推脱,就说,容我想想如何?

不料,现在易如初再次来电话,直接问起此事。他略加思考说,老易啊,谢谢你还记着我。我已经多年不创作了,之前的画稿更让我无所适从,还请海涵。

易如初显然有些失望。叹了口气说,好吧。想来你应该不会参加了。但不邀请,我又不甘心。不过说实话,你当年的画稿对我个人影响很大,你放弃创作我感到十分惋惜。忘了告诉你,我现在除了油画,也学着你画些素描。

他恭维说有机会一定欣赏,也欢迎易画家随时来作客。然后双方就草草挂了电话。

几天后,他收到一个包裹,是易如初寄过来的。他打开,里面果然是一幅素描。仔细一看,竟是一幅他的画像。让他想不到的是这画像无论是五官、体型,还是衣着、发型、仪态都与他本人十分接近,可谓跃然纸上,似乎就是一副放大的黑白照片。

他与易如初十年没有见面,而且甲乙两个县相距数百公里,易如初是如何画出来的? 不说别的,单说体型,这些年来他足足长了几十斤肉,早已经不是原来瘦弱单薄的身体了。

带着疑问,他拨通了易如初的电话。易如初说,老实说,如果你觉得画得很像你的话,我心里反倒挺不好受。他一惊,问为什么?

易如初说,你还记得 10 年前你离开甲县时主管我们的文化局长吗?

当然记得。他说,此人我一辈子都不会忘记,处处为难我俩,老是说我们这样不对那样不允许,天天挨他的训呢!

易如初说,现在他早已经退休了。仔细想想,他只是履职而不是苛刻。易如初又说,当初,我无比佩服你,许多次想学你,但我又没勇气。我只是好奇,如果换成现在,你还会像当初一样吗?

他不得不去回忆,10年前的那个夏天,当局长有一次喋喋不休地批评他的时候,他猛然推翻了局长的桌子,然后把一幅局长的素描扔在他的脸上说,看看你自己的嘴脸吧!然后他毅然辞职到了乙县。他自己也没想到,到达乙县之后,种种原因,他放弃了美术创作,最终考上了公务员,然后一路走到了今天。想起这番往事,他感慨万千。他深呼吸了一下后对易如初说,现在想起来,当初的行为十分莽撞和可笑,换成现在我怎么也做不到。

易如初呵呵一笑,沉默片刻后说,对了,我忘了给你的画像取名,现在加上如何?

还取名?怎么取?他问。

就叫机关制造吧。易如初说。

他猛然皱起眉头,什么意思?

易如初停顿了良久,终于深深地叹了口气说,我真的很难受,我希望你能明白我的难受。其实这幅画就是当初你给局长的素描,我只不过简单地尝试着把局长的脸换成了你的脸而已。

嘴巴里的栅栏

算起来,余轻骑属于官二代。余轻骑的父亲余博彦在一个机关当过几年二把手,虽然现在已经当了副调研员,但也毕竟是小圈子里有些影响的人物。有同事早就给余轻骑预言说,你呀,你爹迟早会把你送上领导岗位。

余轻骑一直嗤之以鼻。

余轻骑嘴里有一颗往外歪着长的牙。这牙本无伤大雅,吃饭说话丝毫不受影响,只有在余轻骑哈哈大笑的时候,细心的人才会发现他的嘴里长着一颗几乎横着生长的牙齿。

事实上,无论是在单位还是在家里,余轻骑都是一个不爱打哈哈的人,余轻骑自己明白,不是他不愿意开怀大笑,而是他不能把缺点轻易暴露在别人面前。只要不大笑,其他人也就看不到他这颗牙。

不大笑,并不是不笑。微笑和捧嘴笑自然是可以的。在单位里,余轻骑并不是一个压抑的人,相反,除了不能大笑外,他算得上是一个很阳光的人。到单位几年来,余轻骑和各科室交流甚多,午休时刻,工作之余,余轻骑总爱到其他科室里串串门,无话不谈的同事也有一大批。在这些同事间,有什么事情一打听也就清楚了。当然,也总有同事们喜欢和余轻骑交流,也向他打听一些事情。一来二往,单位里的大事小事糗事就在余轻骑们之间传开。

这天下班回家，父亲余博彦早正在客厅里看电视。余轻骑凑近一看，不禁笑起来，原来余博彦津津有味地在看一部低幼段的动画片。这一笑，引起了余博彦的注意。

余博彦关了电视，说，你从小就不听话，换牙的时候叫你别用舌头去顶新牙，现在好了，横着一颗牙，多难看啊。

余轻骑哑然失笑，僵直半空中。半晌才说，您怎么看动画片呢？

还有几个星期我就退休了，看看动画片乐呵一下。余博彦叹了口气说，我老了，也就这样了。

刚60就喊老，其实也就算中年。余轻骑说，我们单位有个副局长，就比您小两岁，前几天离婚了，还打算娶个20多岁的姑娘呢。

余博彦摆了摆手，说，老了就是老了。轻骑啊，你那颗牙真不好看，我给你约了个牙医，一会儿就到家里来给你看看。

这么急？余轻骑觉得很突然。其实以前他也打算去把牙齿处理一下，但想想这么多年已经习惯了，也就没放在心上。

也就是刚好碰到了，是我的一个朋友，老牙医了。其实人家平时很忙的，今天正好有空到家里叙叙。余博彦说，处理了比不处理好。

晚饭后，老牙医如约而至。在余轻骑嘴里一阵捣弄之后，牙医最后提出了牙齿矫正方案:装牙套。不疼、自然，一年后去掉牙套，一口牙齿就漂亮了。

余博彦最后把关，说那就给他装牙套。余轻骑也没过多考虑，应了。

　　一小时后,一副钢牙套就套在了余轻骑的牙齿上。余轻骑觉得浑身不自然,赶紧到镜子前一看,顿时后悔不已。这牙套装上以后,只要一张嘴,牙套立刻就暴露无遗。冰冷发黑的牙套与雪白的牙齿形成鲜明的对比,好似涂了一层黑黑的牙垢在上面。余轻骑觉得自己立刻变丑了许多。

　　我得把牙套拆了。余轻骑说。

　　由不得你! 余博彦竟然有些生气了说,你小时候不听话让牙齿变了形,现在还能不听话把它矫正过来? 你都 30 岁了,还小?

　　这不关年龄的事。余轻骑说,我根本不适应戴这个。

　　忍一忍就过去了,一年时间嘛。余博彦说,就这样,不许拆!

　　余轻骑拗不过父亲,牙套最终没能取下来。但从此余轻骑却多了个巨大的负担。以前横着一颗牙,最多也就是不能哈哈大笑而已,现在余轻骑只要一说话,暴露的就是一口牙。很长一段时间里,余轻骑只要一张嘴,立刻就意识到了牙套,想到牙套,就不得不闭上嘴。

　　余轻骑为此烦恼无比。许多次他都想偷偷地把牙套自己弄掉,但想一想也就一年时间,加上碍于父亲的颜面,忍一忍就好了,他又努力说服自己放弃。

　　一年不长,白驹过隙也就过去了。

　　这天晚上,已经退休的余博彦宴请余轻骑单位的一把手吃饭。餐桌上,余博彦携余轻骑举杯敬酒,对方连忙起身说,老领导不必客气,轻骑觉悟很高,近一年来不断追求进步,处事成熟稳重,我们都看在眼里,这次任命他为科长,水到渠成而已。

　　饭后,父子二人徒步回家。途中,余轻骑突然拉住余博彦的手说,爸爸,我现在终于明白你的一番苦心,谢谢您。

余博彦笑了笑,拍拍他的肩膀说,你现在可以去把牙套卸掉了。

不,余轻骑说,当了科长,更用得着。

钱　殇

钱局长下班以后,独自驱车去了一个偏僻的山村。钱局长经常去那个地方。那里有钱局长自己的秘密。

车在一间破房子前停了下来。钱局长往四下里看了看,确定没有人以后一溜烟似的钻进了那间破房子。其实那间房子就是钱局长自己的老屋,做了局长这么多年,钱局长一家人早没在这地方住了,里面的灰尘足有一尺厚。钱局长扒开蜘蛛网,然后推开一道门,接着往下一跳。原来这间屋里面居然有一个地下室!

钱局长打开灯,把自己手中的包放了下来。打开,里面有好几沓厚厚的钞票。更让人想不到的是,那间地下室里居然十分整齐地堆放着大半屋子东西。那堆东西很高,比钱局长高出好长一段。钱局长在墙角拿了个凳子,然后将自己肥胖的身体放了上去,再把自己手中的钞票放在那堆东西的上面。

原来钱局长是来这里存钱!

钱局长从凳子上下来以后,反复地搓着手。钱局长看了看那堆高高的东西,然后自言自语地说,再多一点,我就洗手不干了!

这时,钱局长准备转身走开。但他马上就停住了。因为他听到了一阵响动。谁？钱局长警觉地问。

没有人回答。但响动还在继续。

谁？你要干什么？

还是没有人回答。

钱局长终于害怕了。钱局长说，兄弟，有什么话好说，有事好好商量是不是？你要钱自己拿。

依旧没有人回答。

钱局长伸出手，随手就摸出两沓厚厚的钞票。他刚想说什么，就听见轰隆一声巨响。接着钱局长就倒下了。

警察是在第三天下午找到钱局长的尸体的。那时候钱局长的血已经干了。他趴在地上，身体被许多钞票包围着。很不幸的是，钱局长的脑袋开了花。警察吃惊地看到，这整间屋子里堆放着的竟然全是钞票，钱局长死在了钞票中间。

局长是怎么死的呢？

法警反复勘查现场，很明显，钱局长是被一沓钞票砸死的。这沓钞票的一角上，还有钱局长的血。可是钱局长怎么会被钞票砸中？这成了最为关心的问题。通过勘查，法警还在现场发现了一只同样被钞票砸死的老鼠。而钱局长的手中，还牢牢地拿着两沓钞票。

法警是一批很专业的法警。最后他们产生了这样一个推断——钱局长死于不幸。他的死亡过程大概是这样的：钱局长把刚刚收受的贿赂放上钱堆以后，打算离开。但这时他听到了一阵响动。钱局长心里害怕，以为是谁跟踪了他，发现了他的秘密。所以他打算拿钱笼络对方。慌忙中，钱局长从钱堆的最下面取了两沓钱。可是他没想到他这一取，上面的钱就很自然地砸了下来。其实那响动是一只老鼠制造的。

我在一旁静静地听着他们的推断，我一言不发。我把这个真实的故事讲给大家听，是因为我见证了这次事件的全部过程。我想说的是，法警们还是很专业的，事情的发生是否和他们推断的完全一样，这不是很重要。但有一点是他们绝对是推测正确的，那就是钱局长的确拿了最下面的钱。谁都知道，动了下面的钱，不被砸死才怪！

我差点忘记告诉你们，我不是跟踪钱局长的小偷，也不是吓钱局长的老鼠。之所以说我见证了这次事件的全部过程，是因为我就是钱局长临死前放上钱堆的那一沓钞票。

我是一个农民送给他的。

网页有毒

领导戴金丝眼镜，总穿一套整齐的西服，看上去儒气，谈吐间一副雷厉风行、两袖清风的样子。领导会经常走进办公室，然后对着全力投入工作的员工们一阵问寒问暖。领导说，小刘呀，你那辆新车不错嘛；小张呀，你的恋爱谈得怎么样了？小杨呀，最近表现不错，好好干。偶尔领导还俯下身来耐心地和员工一起解决一些难题。

领导不抽烟，不喝酒，也少于应酬，更没有绯闻，大多数时候，领导总待在自己的办公室里。领导所有人给的印象就一个字:好。

新来的小伙子叫王刚,计算机专业毕业的,专门负责单位的网络管理。王刚人年轻,打扮时尚,长头发,衣服穿得花花绿绿,看走眼了会让人觉得是社会上的混混。但王刚工作挺认真,从上班的第一天起,就一头扎入工作中,把单位的网络管理得有条有理。此外,只要谁的电脑有问题,他都能很快搞定。因此王刚还担任着整个单位里的电脑维护工作。

王刚的办公室就在领导的办公室隔壁。本来领导对王刚的印象还算可以,但这一天领导推开王刚的办公室门以后,就对王刚的印象大打折扣。

那应该是一个毫无戒备的下午。领导没有敲门,就进了王刚的办公室。当时王刚正全神贯注地盯着电脑屏幕,完全没有注意到领导的到来。领导悄悄走到王刚身后,他要看看这个小伙子平日里都在干些什么。领导看到,王刚的电脑屏幕上竟是一些一丝不挂的男男女女。

上班期间你竟然上黄色网站?领导生气地呵斥道。

王刚哑然失色,慌忙起身,但领导只留给了他一个生气的背影。

第二天的职工大会上,领导依旧余怒未消。领导说,年轻人看什么不好,竟然看一些色情图片?你们知道色是什么吗?色就是毒呀,是侵害人的思想和行为的剧毒!领导对王刚的行为进行了通报,并扣掉了王刚当月的奖金。

这次通报过后,王刚不但没有因此受到打击,反而成了同事中的焦点人物。他在单位里名声大噪。每逢休息时间,王刚的办公室里就男同事扎堆,大家都围着他问长问短。你看的什么网页呀？里面都有些什么？王刚也不遮掩，说内容丰富，想看什么就有什么。不少人的兴趣就被调动起来了，接着就有人向王刚讨要网址，说那种网站现在不好找。王刚一高兴，就用笔将那个网址写给了有兴趣的同事。

别让领导发现了，不然就惨了，王刚告诫说。为此王刚还专门为同事们的电脑设置了一番，一旦领导出现，及时敲一下键盘所有的网页都会隐藏得无影无踪。

渐渐地，一有空单位里的男同事们就打开电脑，按照王刚留的网址浏览网页。很快，这个网址成了单位里除了领导以外公开的秘密。

这天刚上班，同事小章就急忙找到王刚。小章说，王刚，你帮我看看我的电脑是不是出什么问题，怎么屏幕上的字全倒过来了？

是吗，真的全倒过来了？

小章说当然是真的啊。

王刚就一脸坏笑地对小章说，其实也没什么，只是中了我给你们的那个黄色网站的病毒了。

什么，那个网站有病毒？所有人大吃一惊，那我们的电脑岂不是都中毒了？

你们屏幕上的字不是没有倒过来吗？王刚呵呵一笑说，这种病毒是那个网站特有的病毒，为了你们电脑的安全，我早已经在你们每个人的电脑上都装过专门的防毒软件了。小章肯定是无意中将防毒软件卸载了，再次打开那个网站时中了毒。你们就放心看吧。

原来如此，那我们就真的放心了。

正在这时,办公室的气氛骤然紧张起来。领导来了! 有人低声说。接着整个办公室里听不到任何声音。

领导依旧穿着整齐的西服,他一脸严肃地扶了扶眼镜,环视了一圈办公室,最后把目光锁定在王刚身上。

王刚顿时紧张起来,大家都替他捏了把汗。

小王,我正找你呢。领导急切地对王刚说,你看看我的电脑是不是出了什么问题,怎么屏幕上的字全倒着呢?

大家顿时松了口气,但马上所有人都像鳄鱼一样张大了嘴。

获奖者

区文化委联合子午小学开展了一次亲情文化抢答大赛。参赛对象为全校小学生,并要求每个学生带一名家长前来列席。

按照比赛规则,由主持人在台上读题,台下的学生均可以摁座位前的抢答器进行抢答,谁抢得最快谁先答,抢答正确者立马晋级。最后答对问题最多者胜出。比赛规定,除了对胜出者进行奖励外,其家长还将获得意外奖励。鉴于此,家长们都十分希望自己的孩子胜出。

比赛按照既定的日期在学校大礼堂隆重举行。现场气氛十分热闹,台下黑压压地坐满了学生和家长,台上坐着几个特邀评委。

比赛开始,主持人念了第一道题:请问,什么人叫叔叔。一个同学立马回答说不认识的男人都叫叔叔。还有人说是爸爸的朋友。一个扎辫子的小女孩回答说是爸爸的弟弟。主持人宣布扎辫子小女孩回答正确。

接着主持人问，什么人叫舅舅。这次抢答的人明显少了许多，最后由一个戴眼镜的小男孩抢先回答正确，说是妈妈的哥哥或者弟弟。

主持人又问，什么人叫姨妈。这次抢答的人又少了许多，最后一个平头男孩回答正确，说是妈妈的姐妹。

主持人又问，什么人叫堂兄？

话音一落，下面议论纷纷，却只有几个人抢答。按照时间先后，主持人示意扎辫子的小女孩先回答。

小女孩说，就是叔叔家的儿子。

小女孩刚回答完毕，眼镜男孩立马按下呼叫器，补充到，是叔叔家比我大的那个儿子。主持人宣布眼镜男孩正确。

接着主持人问：什么人叫表哥？

话音刚落，呼叫器立马又此起彼伏地响了。有人说，手上戴名表的人被称为表哥。主持人说回答错误。又有人抢答说是杨达才。主持人说错误，这时抢答器响了一声。随后站起来的眼镜小男孩说，表哥就是姑姑、舅舅、姨妈家比自己大的那个男孩子。

回答正确，主持高兴地说。

主持人又宣读题目，请问：什么人叫表舅？

这次，下面再次议论纷纷，不少人交头接耳。抢答器响起，却只有三个人抢答。这三个人分别是刚才的平头男孩、辫子女孩和眼镜男孩。最后依旧是眼镜男孩最先回答，说是妈妈的表兄弟称为表舅。

主持人又问，什么人叫表舅公，什么人叫表舅妈，什么人叫表姨父。问了一系列问题，但大家发现，每次抢答都只有这三个同学。越到最后，其他人都面面相觑，似乎只有这三个人能回答。

最后比赛结果揭晓，眼镜男孩获第一名，辫子女孩和平头男孩分获第二、三名。按照比赛规则，他们的家长将分别被请上台获得意外奖项。

主持人宣布，下面请一、二、三等奖的家长上台领奖。在众人热烈的掌声中，一个民工打扮的中年男子走上了领奖台。但过了几分钟，仍不见其他人上来。主持人纳闷地说，请其他两位家长上台来。台上的中年男子不好意思地搓搓手说，没其他家长了，他们三个都是我们家的。

台上台下均感到意外，主持人颇有感慨地问，三个孩子都这么有才，你是怎么培养出来的？

中年人又搓搓手说，哪里需要什么培养，这些亲戚我们家里都有，他们不用想就知道。

真是太不容易了，这个意外奖项就该你们获得。这时，台上一位领导模样的人从评委席上走过来，亲切地拉着中年男子的手说，我们文化委联合学校举办这次比赛的目的，就是要让大家记住这些称谓，刚才出现的这些称谓，已经逐步消失了，即将列入我们的非物质文化遗产保护名单了，而你们家无疑为这项文化做出了贡献。说完，就把一个奖杯递到中年人面前。

慢着！这时另一个领导模样的人拦住了奖杯，厉声说道，此人及他的上代都明显超生，严重违反计划生育政策，按规定他不应该获得任何奖项，必须一票否决，并进行深入调查！

众人愕然。

嘴巴里的栅栏

靓号手机

老板推门走进来的时候,桌子上只剩下最后一个空位了。老板并不说话,脸上微笑了一下,略略点了点头,然后举起右手微微一扬,披在肩上的风衣就落到了侍者手中。老板到来之前,雅室里很喧闹,人们相互自我介绍着,握手或者打着哈哈。老板一出现,所有声音都紧急刹车,片刻之后就有了掌声,人们纷纷站起来。

老板大步走到空位前,独自坐下,并将一条腿架到另一条腿上,缓缓地抖了起来。老板说,坐啊,各位。边说,他将手机放到了座位前方的桌子上。

人们就坐了下来。同样,都将自己的手机放在桌子上。

这是一个看似普通的聚餐,能在这个雅室吃饭的人,都习惯被人们在自己的姓后面加上一个"总"或者"董"字。这些人,相互之间都不一定认识,他们有的经商,或者有的从事着类似经商的事情,能到这里吃饭却是他们很骄傲的一件事情。这个雅室,一个月才开一次,进来吃饭的人,必须先交10万元进餐费,在里面吃饭自己点菜另算。换句话说,如果拿不出20万,是走不进或者说进了也走不出这间雅室的。这里的进餐券,自然是身份的象征。

老板继续抖着腿,说,到这里吃饭,我从来就没吃饱过。然后并不点菜,却拿起手机,让手机在拇指和食指间打转。转了第 3 圈的时候,手机啪的一声掉在了桌子上。

所有人都把目光聚焦到那只手机上。那是一只普通得不能再普通的手机了,鼠标大小,却看不出来是什么牌子的货。手机正面向上,像一条刚从下水道里打捞起来的死鱼。

有人扑哧笑了,先前安静的雅室如泄闸的洪水瞬间嘈杂起来,依旧是自我介绍的声音和打哈哈的声音,那声音里还有压抑之后再度爆发的快感。

有一个胖子故意将自己的苹果手机扔到地上,说,早就想扔了,新的还没出来而已,不然早扔了。

旁边一个人马上将胖子的手机捡起来,吹了吹灰尘,还给胖子说,别扔啊,扔了难道你要用这位老总这样的?边说,他指了指老板。

一阵爆笑接踵而至。

老板也微微笑了下,只把眼珠向周围滚动了一圈,然后把手机夹在两指间晃了晃说,你还别说,就算你用 100 只烂苹果,未必就能换一只我这样的。

哟,你的手机有特异功能?有人问。

特异功能倒是没有,只是不太俗气罢了。老板依旧抖着身子,用拇指将手机盖子啪地弹开,里面露出一个只有 5 个数字的拨号键盘来。

就 5 个键,哥,你到哪里掏的二货?一个年轻小伙子喷了口烟笑着说,特像我小时候的玩具电话。他的话又引来一阵爆笑。

俗,俗啊。老板一边抖动着身子一边摇头,然后缓缓举起手机说,俗人的眼里永远只看得见手机上"13698"5 个数字,却永远无法看出这是尊贵的限量版。我猜，恐怕没有人能明白为什么只有这5个数字吧？

为什么？你说说看。有人来兴趣了。

老板冷冷笑了下说，不浪费啊，实用。

不明白。所有人一脸不解。

老板又摇了摇头说，翻翻你们的电话通讯录，但凡有身份的人，谁的手机号不是靓号？尾数要么六个"8"，要么六个"9"，最少也应该有三个"3"吧？

这倒也是，可这与你的手机什么关系？

老板痛苦地将了将自己的头发，痛苦地笑着说，我平日里的交际，仅仅需要这个5个数字而已。说你们"2"吧，你肯定不接受，但都知道"4"是"死"，"5"是"哭""7"是"欺"，"0"是"完蛋"吧，你们和你的朋友们，竟然还有人用这些数字的号码，你的档次就自己掂量掂量吧。

说到这里老板喝了口水接着说，没那个档次，又何必花钱到这里吃大餐？吃饭嘛，哪里不能吃啊，吃吃大排档其实也不错的。

老板说完，依旧将手机夹在两指之间旋转，然后依旧抖着身子。这时桌子上却安静下来。有人悄悄将自己的手机放回衣袋，也有人焦急地翻看自己的通讯录，更有人绝望地抬起头来。

有个人看了看四周，调了调嗓子说，我刚才看了看，通讯录里还真没有人用那几个不吉利的数字。老兄，现在我信了，你的一定是限量版的，哪个品牌的，能否借我看看？

老板瞟了他一眼，扑哧笑出声来。他站起身，将手机在指间旋转的速度不断加快，转到足够快的时候，突然一扬手，手机如飞镖一般径直向地面奔去，瞬间就粉身碎骨了。

所有人都站了起来,呼吸声瞬间凝固成云。只有老板嗤的一声笑格外清楚。

老板拍了拍手上的灰尘对刚才说话的人说,我都要砸了的货,还有什么看头。现在我已经用新手机了。边说边从衣兜里掏出一个精巧的小手机,打开盖子,拨号盘上仅有两个键,上面分外醒目地分别标识着"6"和"8"。

不等其他人反应,老板又说,我就说这个鬼地方我从来就没吃饱过,各位,你们慢慢用。说完,老板转身,出门。

侍者给他披上风衣后,我看到老板悠闲地向我走过来。确认没人跟来,老板才猴头般窜上了公司的二手面包车。在车上,老板点了根烟,狠狠地吸了口,然后狠狠地对我说,奶奶的,我反复告诉过你,我借20万高利贷不是为了混进去见世面的!你等着,明天我们生产的那批缺键盘的手机就会高价脱销,你信不信?

鼻　疾

发现自己鼻子有问题,是程立到了乡下以后的事情。

程立是个地地道道的城里人。从小头顶城市的天,脚踏城市的地,中间还放肆地呼吸着城市的空气。这样生活了几十年之后,程立突然觉得没意思,想到乡下去看看。据说乡下山清水秀,能颐养身心。

好不容易找了个假日,程立开着自己的越野车,在导航的引导下来到了一个不知名的乡村。此时正值阳春三月,目光所及之处全是大片大片的绿、大片大片的红,让程立目不暇接。车开过一条林荫小道,伴随着画眉的吟唱,眼前赫然开朗:前方,竟然是一片看不到尽头的油菜花,金灿灿的花海,足有上百亩。

程立按捺不住自己心中的喜悦。从小程立就喜欢油菜花,尤其爱闻油菜花的香味,为此他曾经在阳台上种过几株,扑鼻的香味常常让他遐想无限。于是,他一个急刹,顾不上精心准备的相机就跳下车,想把自己彻底融入油菜花的海洋。

程立身处花丛中,紧闭双眼,然后深深地呼吸了一口空气。他以为,这花海里浓郁的香味会让他飞起来。

但是,程立马上就失望了。他的鼻子里,什么味道都没有。程立以为是自己刚进入花海,不适应。于是他揉了揉鼻子,再闻,依旧什么味道都没有。

程立急了,难道以前闻油菜花香多了,对这种味道熟悉了没感觉了?程立马上往回跑,在路上程立遇到了一个菜农。菜农挑着一担大粪,正往油菜地里走。

菜农被突然冒出来的程立吓了一跳,赶紧站住脚。谁知这一站,菜农桶里的大粪就荡了出来,险些溅到程立身上。菜农赶紧俯下身说,对不起,太对不起了。这么臭的大粪,先生你还是站远点好。

臭?程立揉了揉鼻子,赶紧问,你说大粪臭,我怎么一点也闻不到?

不会吧。菜农抱歉地笑了笑说,看得出先生是城里来的,你们对乡下的东西感到新鲜才这样说。可这粪真的很臭。

我是真的闻不到臭!程立更急了。如果说闻不到油菜花香是以前闻多的缘故,可闻不到大粪的味道怎么解释呢,难道鼻子出了问题?

程立马上跑回车里,车里有一瓶空气清新剂。他用力喷出几股,再用力呼吸。但是他再一次失望了,他的鼻子里依旧什么气味都没有。

我的天啦!程立痛苦地尖叫起来。本想到乡下来体验一下鸟语花香,结果竟然让鼻子失去了嗅觉。早上走的时候,鼻子就没有问题,还闻过自己身上的古龙香水味。可现在怎么就变成这样了呢。程立觉得自己要疯了。

程立用力地敲打着车门,这时菜农拉住了他。菜农说,先生是第一次到乡下来吧,你别急,或许我儿子能帮你。

你儿子能帮我治鼻子? 程立有些意外。

菜农说,我儿子能行的,他可是我们村的大学生,刚从城里读书回来。

程立看了看菜农,心想也只能死马当成活马医。程立赶紧说,那麻烦您带我见见他。

算你运气好,平时找他不容易,这会儿他正好在附近。说完,菜农吆喝了一声,就从一个农家院子里跑出来一个戴眼镜的年轻人。

年轻人很礼貌地和程立握了手,不等程立开口就说,城里来郊游的吧? 是不是鼻子闻不到味道?

程立大吃一惊,你怎么知道?

年轻人笑了笑说,先生不必吃惊。你这种情况我以前也遇到过,很正常。你只需要在我这里买一瓶东西去,闻一下,你的嗅觉马上就会恢复。说完,年轻人就掏出一个小瓶子晃了晃说,

085

嘴巴里的栅栏

50 元。

只要能治病，500 元也行。程立掏出钱，马上抢过那个瓶子，吸了一口。接着，程立就闻到了自己身上扑鼻的空气清新剂味，程立走了两步，又闻到了菜农桶里的大粪味。再接着就闻到油菜花沁人心脾的香味。

真是奇了，程立跳了起来，还真灵。但程立马上板起了脸，他冲到年轻人身边，一把拧住他的衣服，生气地问，这瓶子里是什么？你是不是有什么阴谋？

瓶子里装的，是臭蛋。年轻人很从容地说。

还想忽悠我？程立更生气了，臭蛋能治疗鼻子上的病？我没那么傻。

年轻人笑了笑说，没有臭蛋还真不行。几乎每一个从城里来乡下的人都会出现你的状况，这很正常。年轻人又说，读大一那个暑假我从城里回来，同样什么都闻不到。家里人找了很多医生都没找到原因。可是我一回城里嗅觉又恢复了。后来，我思考了很久，终于找到了解决问题的办法。

到底怎么回事？程立松开了手，有些糊涂了。

其实很简单，你们在城里天天闻的，不就是臭蛋的味吗？你们的鼻子已经习惯臭味下的所有味道，离开臭味自然什么都闻不到。说话间，年轻人掏出了一张名片，笑笑说，我毕业后，就在家里专门卖臭蛋。现在到乡下来玩的城里人越来越多，下次来请提前预约。

程立顿时瞠目结舌。

等待一个人的自首

按照安排，我准确地找到了他租住的房子。那是一间很不起眼的小屋，这里地势很偏僻。据说这一带的社会治安也不是很好。他为什么会选择把房子租在这种环境，我猜他大概以为这里没人能找到他吧。

我把这里的情况给头儿汇报了。我说头儿，是不是可以马上抓捕他？现在抓他易如反掌。我听到电话那头头儿爽朗的笑声。头儿说，不，你找到他就行了。你先别忙着回来，在附近也租间房子盯着他。记住，千万别让他发现你，所以不管他发生什么事情你都不要露面。

为什么？我问头儿。直接抓他不就行了嘛。

头儿说，有时候我们得给嫌疑人改过的机会，等他来自首吧。

等他自首？既然他逃到了这里，怎么会自首呢？我很不明白头儿的意思。虽然我也知道，一个自首的嫌疑人肯定比抓捕回来的嫌疑人改造的决心大得多。但他会来自首吗？

头儿说，会的。他一定会来自首的。别问了，听从安排吧。

很快，我就在他的房子附近找了间房子住了下来。我倒要看看，他真会如头儿说的那样去自首吗？

他的案子一直是我在负责的。他是一个金融机构的工作人员。在调查中，我了解到，其实平日里他是个很不错的人。只是他从小生活在一个十分贫苦的家庭,对金钱的欲望很高。大学毕业后,他进了金融机构,在每天与钞票面对面的日子里,渐渐萌生了把那些钱占为己有的想法。终于有一天,他带着50万现金,踏上了今天的逃亡之路。

我在房间里装了望远镜,对他开始了24小时监视。我可以清楚地看到他的一举一动。他的房间里,除了一张床以外,几乎没别的东西。屋子里摆满了大桶大桶的方便面。整整一天,他都没怎么出门,他在床上辗转着身体,除了中午和傍晚分别吃了一桶方便面以外,他什么都没做。

第二天,他依旧是这样躺在屋子里。除了吃面以外就是躺着。而且似乎他从来没有睡着过。一直到了第三天,他依旧这样过着。

我有些耐不住了。一连三天都这么看着他,他也没什么变化,真是单调到极点!我拨通头儿的电话,我说,头儿,他什么都没做,要等到什么时候? 干脆抓了他得了。

头儿说,别急呀。越是这样就越好。认真执行你的任务。接着头儿挂了电话。

第四天,我看到他在屋子里焦躁起来。他用手敲打着墙,看他的样子也可能耐不住了。果然,天黑的时候,他小心地在门口望了望,然后出了门。我紧跟在他的后面。

在一条巷子里,他停住了脚步。我看到一个女人拉住了他的胳臂。听不清他们说了什么,但是我看到女人很快就挽起了他的手。可是他和女人刚走几步,他们就被另外几个人包围了。很快他们争吵了起来,女人站在了那几个男人那边。接着,我看见他从衣袋里拿出了一沓钞票。看得出他的眼神很无奈。其中一个男人接过钱后，在他屁股上踢了一脚，带着女人转身就走了。

作为警察，我不能坐视不管。等他走远后，我调了几个人，追上了那几个男人和女人，然后顺利地给他们戴上了手铐。这几个人交代，他们刚才用美人计对他进行了敲诈。

我回到出租屋，继续对他进行监视。我发现他回去之后很消沉。依旧睡觉吃面。大约过了两天，他又选择了一个傍晚小心地出了门。但刚出去就被人堵在了一条巷子里。我说过这一带的治安不是很好。他被抢劫了。

事后我抓到了那个抢劫他的人，那个人说这是他抢劫得最轻松的一次。

我把这两件事报告给头儿。头儿说好呀，看样子他自首的日子怕是不远了。

又过了几天，他又在那间小屋里待不住了。当然，整天面对墙壁肯定单调。这次他买了假发和胡须，出了门。然后他上了一辆公共汽车。

在车上，他一直低着头。我就坐在离他不远的一个座位上。车又过了一站，上来了一个精瘦的年轻人。年轻人站在他身边，两站后下了车。年轻人刚下车，一个小孩跑到他的身边然后对他说，叔叔，你的钱包让刚才下车的那个人给摸了。

什么？他连忙摸了摸自己的衣袋。上面有一条很长的口子。他的脸上有了愤怒的表情。这时那个小孩说叔叔你赶紧报案吧，能抓到那个坏蛋的。他看了看小孩，没说什么，下了车。下车后，他跑到一个墙角，然后蹲了下来。

远远地，我听见他呜呜的哭声。突然间，他疯狂地奔跑起来。我不知道他要干什么，为了防止他逃跑，我跟了上去。

他一直跑到马路边上。这时一辆警车停在了他的身边。看着车上下来的警察，他惊恐地举起了手。可是警察下车后，来到了另外一个人身边。那个人见到警察，连忙说，刚才是我报的案，我的钱包被小偷给摸了，你们快给我找回来。警察说，好的。

就在那一刻，他放下去的手突然又举了起来。他对着警察大喊，我要自首，我要自首……

在头儿的办公室里，我一脸不解地看着微笑的头儿。我说，头儿，真有两下子。凭什么相信他会自首？

头儿依旧微笑着，头儿起身叹了一口气说，其实很简单，一个人逃离了法律的制裁其实也就是逃离了法律的保护，失去保护日子会太平吗？

我豁然开朗！

往左往右

车在笔直的道路上平稳地行驶着，他把一只手搭在方向盘上，另一只手伸进衣袋里，然后瞟了一眼坐在后排的老严。此刻，老严直视着前方，脸上没有任何表情。

见老严十分不易，几经周折，最后还是一位老领导出面，老严才答应见他一面。他准备好"硬件"，本以为会去老严办公室，不料老严却主动提出，让他开车送一趟。他欣然应允，车上自然比办公室更方便。

老严上车之后，只说了一句去汉中路，便一言不发。他并不是一个不善言谈的人，几次打算开口找话题，可看看老严的表情，都打住了。

他摸着衣袋里厚厚的"硬件"想，一定要找个突破口把东西送出去，否则就白跑了。

听老领导说，你有 30 年驾龄了？老严突然主动问他。

他赶紧嘿嘿一笑说，30 多年了，一辈子就会这门营生。

老师傅技术自然很好。不过，老严顿了一下说，还是两只手握方向盘更安全。

他触电般抽回手说，我见路很直，所以放松了些。领导放心，一定注意。

别叫我领导，其实叫你送我，也是顺道向你讨教一些驾驶问题。老严说，我驾龄不长，正好有许多问题需要请教。

他又瞟了一眼老严，看样子，老严倒有几分真诚。他便颇有感触地说，开车这件事情，不分新手老手，不出事才是高手。对老手而言，越开越胆小。

为什么？老严问。

见到的事故越多，经验越丰富，就越谨慎，每天都担心犯别人同样的错误，胆子自然越来越小。他说。

我想探讨的是，开车最重要的注意事项是什么？老严又问。

他说，当然是掌握好方向啊。方向错了，必然会出事，方向把握得好，就算速度快一些，也不一定会出事。

绝对的经验之谈！老严说，你说的我深有感触。麻烦你再把车开慢一点，我想和你这个老师傅商量一件事。

他放慢车速，不解地望了望观后镜。镜子里，老严依旧是一脸严肃。他笑了笑说,哪用商量,有什么事情你尽管吩咐,我一定办好。

我说什么你都会听?老严问。

听,当然听。他深知有求于人,不由他选择。

老严这时把双手抱在怀里,往车座上一靠说,你把方向往左打。

他十分不解,但还是缓缓打了一下方向。车身迅速偏离了路线。

继续左打,一直往左。老严说。

他立马踩住了刹车,车斜在了公路上。他愣住了,领导,这是要做什么?

老严看了他一眼说,那么,你现在把方向往右打。他松开刹车,把方向往右打,这时车身回到了道路中间。就在他打算回正方向时,老严提高声音说,继续往右打,一直往右。

他往右打了一下方向,但随即,他又猛然踩住了刹车。领导,你到底要做什么?他回过头,看着老严。

为什么要停下来?老严问。

这条路虽然很平,但左边是悬崖,右边是峭壁,照你的要求,不是非得弄出事么?他努力压抑自己的情绪,但依旧无法掩盖语气里的激动。

往左还是往右,你不是说都听我的吗?

可我不能明知要出事却偏偏乱打方向啊,悬崖和峭壁,哪边能去?他顿了一下说,对不起领导,这类要求我做不到。

老严突然哈哈笑了起来说,不愧是老师傅,你的方向始终是不会被他人左右的。所以你刹住车了,扶正了方向。现在的问题是，我该怎么办？

他不解地看着老严，领导，我不明白你的意思。

老严说，我刚才告诉过你，其实我的工作就是一个驾驶员。我的左边是深不见底的悬崖，右边是斧砍刀削的峭壁，多年来我一直沿着正确的道路小心行驶，可是总有人百计千方地来左右我的方向盘，让我一直往左再往左，或者一直往右再往右，你告诉我，是该往左还是往右？

说罢，老严直直地盯着他。

他看着老严，缓缓低下了头。小舅子的案子开庭在即，老严是这个案子的审判长，他一直以为判轻还是判重都是老严一句话，所以千方百计找到老严，想把信封里的"硬件"塞给他。可此刻，他无言以对。

老严这时打开了车门说，我就到这里了，谢谢你送我，好好开车。

好好开车！他双手握紧方向盘，目送老严魁梧的身影远去。

寻找老马

从领导办公室出来，我就下定决心，一定要找到老马，我倒要看看，这个老马到底是何方神圣！

老实说，这座城市的治安状况一直不是很好。当然这里面很多历史原因，作为新上任的治安大队长，我迫切需要改变这个现状，俗话说新官上任三把火，我必须把这火烧旺烧透烧出影响来。

不料，老马在这个节骨眼上出现了。

第一次听到老马的名字，是在一次出警现场。当时我们接到110指挥中心的通知，说有人在南郊斗殴。我带人火速赶到现场，却见几十号人站在一起，并无斗殴迹象，相反那帮人相互间还显得格外亲切，称兄道弟地交流得正欢。鉴于此，我们只能空跑一趟。

在撤离的时候，一个看热闹的群众悄悄告诉我说，本来这些人是来打架的，动手之前有个领头的人打了个电话，说是要请教一下老马。不料对方一听是老马的人，立刻就握手言和了。

第二天，老马这个名字再次出现在我耳畔。有群众打电话称东河口菜市场几个城管和一个菜贩发生拉扯，可能要打架。可当我赶到现场时，却见几个城管正在帮一个菜贩整理菜摊。经过了解得知，本来菜贩和城管是准备打架，动手之际菜贩突然说自己认识老马，你们要敢欺负我，我找老马收拾你们。接着菜贩说出了老马的电话。不料城管一听，态度立即好转，很快双方达成了共识，菜贩挪了位置，城管还帮忙整理。

两次事件之后，我都再三确认过，指挥中心的接警无误，报案人的报警无误。也就是说，都是因为老马，事情很快就自行解决了。那么老马是谁呢？

正在我思考老马是谁的时候，我被领导叫进了办公室。领导将一份资料扔给我说，你是不是觉得，你刚上任，治安形势就明显好转了？

我看了看领导的脸色，发现他并没有要表扬人的意思。我赶紧说，任重道远。

领导嗤了一声说，其实治安形势是明显好转了，但不是你们的功劳。我就搞不明白了，一个老马好像比你们一大帮人都管用？

又是老马！

我立即看了看手中的资料，近两个星期的治安案件大多在民警到达现场前自行解决。经过了解，无一例外的是，这些案件都与老马有关。只要有人打了老马的电话，甚至说认识老马，似乎所有的事情都能很快解决，该让步的让步，该收敛的收敛。

领导说，你知不知道，现在老百姓怎么说？领导用力地将脖子上的领带扯开，然后端起杯子喝了一大口水说，老百姓都说，有事找老马！就连巷子里的老太太打不开门，也会直接打老马的电话，据说很快就解决问题。

我顿时瞠目结舌，这老马什么人物？

领导看了我一眼说，你问我么？这个问题，该谁回答？

我顿时脸上燥热。

我退出领导办公室，马上召集力量，必须迅速找到老马。

很快，民警们就反馈回情况，通过大量的案件回访，老马都没有在案件中出现过。到底老马住哪里长多高，从事什么工作一无所获。就连那个打电话帮忙开门的老太太也找过了，老太太说来开门的人并不是老马，她也没见过老马什么样。只是打老马的电话比较管用，而且态度非常好。

老马的电话是多少？我问。

现在这座城市里，可能就你不知道老马的号码了。一个民警说，我从一个孩子口中就问到了号码。接着他用笔写下了一个8位数的号码。

这明显是个座机号,你们就不知道查查机主的资料?

查了,地址是已经拆迁的区域,电信公司反馈的情况是当时没有实名登记,落一个破产的集体户头上。

通话记录呢?

也查了,只有呼入,没有呼出。而且呼入的号码几乎没间断过,每次都不相同。

这就奇怪了,难道还真找不出老马是谁?

头儿,还有个情况。民警说,我们找到了第一次出现老马这个名字的案件记录,然后费了很大的周折找到了案件的当事人。

有什么收获?

当事人回忆,当天晚上他被黑社会的人围殴,突然有个身材高大的人站出来,瞬间就把黑社会的人打得屁滚尿流,那人自称老马,并告诉了当事人一个号码,说以后遇到事,就报老马的名号,或者打这个电话。可惜当时天太黑,当事人也没看清老马长什么样子。

这当然不算什么收获。我深深地吸了口气说,算了,还是从电话上下功夫,通话记录单呢?

民警立马将打印好的通话单给了我。我看见上面除了密密麻麻的电话记录,还有该机办理的有关业务。忽然,我发现这个座机启动了一项业务,叫呼叫转移。

立马联系电信公司,看看这个座机转移到什么号码上了。我心中立刻涌起一阵喜悦,这个老马,这下我终于要看到你是何方神圣了!

片刻之后,果然传来好消息,民警把一张单子递给我说,号码找到了,你看看吧。

我瞅了一眼民警拉长的脸问,怎么,找到了你还不高兴?

民警叹了口气说,你还是看看吧,反正我是高兴不起来!

我立刻翻过那张单子,上面仅有的三个数字赫然入目:110

较 量

放下电话,向秋实神情黯然,好一阵沉默之后,他最终决定带着自己的枪去和张七见面。

张七在电话里说,向秋实,你来吧,必须带着你的枪来。要抓我可以,就看我们的子弹答不答应。

向秋实和张七是表兄弟。儿时,两个人关系特别好。可长大后,两个人却走了两条不相同的路。向秋实做了警察。而张七惹下了血案,成了公安机关的重要通缉对象。作为警察,向秋实知道,自己必须大义灭亲抓张七归案。但向秋实更希望的是张七能够自首。

向秋实对张七的追捕引起了张七的强烈不满,于是张七偷偷地给向秋实打电话。张七说,你竟然不帮我,还反倒抓我。张七还说,有种你就来吧,我找个地方等你,但你必须带着枪来,不然说我杀你一个不带枪的人太不仁义了。

向秋实还是去了。他没有通知其他人,只身前往。

在城郊的空房子里向秋实见到了张七。

张七举着枪,黑洞洞的枪口正对着向秋实。张七冷笑一声说,你果然有种,来抓我呀。

向秋实看着张七说,放下枪,跟我回去自首还来得及。

少假惺惺地来那一套,你不是想抓我回去立功领赏吗?来呀。

向秋实一步一步靠近张七。向秋实说,张七,还来得及。

站住,张七猛地扣动了扳机。一颗子弹立即穿过向秋实的手臂,鲜血随即染红了向秋实的衣服。

张七再一次冷笑。来呀,拔出你的枪来呀。

向秋实就拔出了枪。向秋实在拔枪的那一瞬间,一脚踢飞了张七手中的枪。

张七不甘示弱,一阵拳脚过来,向秋实的枪也掉在了地上。两个人赤手对着。

向秋实说,张七,你自首吧。大家都希望你能自首。

张七说,等吧。我们以前是多么要好的兄弟,却不想今天你冒死也要抓我,你别做梦了。张七挥拳过来了。

毕竟向秋实是警察,虽然中了枪,但几拳过来,张七还是有些招架不住。趁向秋实不小心,张七捡起了向秋实的枪。张七举着向秋实的枪笑道,我知道我活不了多久。我问你,你现在是不是还要抓我?

是的,向秋实说,你必须归案。

你真的要抓我?

真的!

张七说,表兄,那就对不起了。说完,张七扣动了扳机。

但张七期待的枪声并没有响起。张七又一次努力地扣动扳机,但枪还是没有响。

为什么? 这是为什么,张七大叫。

向秋实静静地看张七说,没什么,因为我的枪始终不会对你上子弹,我只要你归案。

张七不语,手中的枪顿时滑落到地上。

第二天,电视里播出了一条新闻:潜逃三个月的要犯张七昨日自首归案。

龙虎斗

一张桌子,三个菜,三瓶酒,三个杯子,三个老头。

老张坐在最中间,他的左右两边分别坐着老雷和老王。此刻,老雷把脸别在一旁并不看桌子,而老王则叼着一杆旱烟,把头高高昂起。

老张给每个杯子倒满酒,然后咳嗽了一声。老张说,咱几个老伙计好久没在一起喝酒了,来,先干一个。

老雷回过脸说,要干也是咱俩干,有些人,想想就心塞。

老王拔掉烟枪,狠狠地往地上吐了口唾沫说,要不是看到你老张的面子,我出气都不愿意和某些人一个方向。

老张就嘿嘿地笑了一声说,多大的事啊,整这么大的动静。

老雷说,没事,只是这年头,谁怕谁?

老王噌地一下站了起来,把一只脚踩在凳子上说,谁会怕谁?

老张拉老王坐下,然后端起杯子独自干了一杯。老张说,你们俩都是村里的大户人家,不好惹,可我老张就是多事,也对你们的事情进行了些了解。其实多小个事情,不就是老雷砍了生产队三棵树吗?你老王为什么也非得去砍三棵?

凭什么他可以砍我就不能砍?就凭他侄儿是村主任?老王说,他以为就他有关系?

老雷说,我那叫啥关系?你之所以敢砍,还不是仗着你侄儿是村支部书记。你厉害,你有关系!

老张听罢,哈哈大笑了几声。你们都厉害,都有关系。老张说,今天请你们来,是要告诉你们,你们把事情整大了!

老雷说,有人就怕整不大。

老王说,谁怕谁呢?

老张又给自己倒上酒,小酌了一口说,我有个亲戚在市里上班,他最近告诉了我一件事情,我仔细想了想,这件事和你们俩脱不了关系。

什么事情?老雷和老王同时转过脸,看着老张。

老张说,不知道你们看电视没有,最近市里有两个副市长先后被双规了。一个姓谭,一个姓赵。

老雷说,这也不是新闻了,早知道了。

老王说,他们双规,关我们什么事情?

老张说你们别急,看起来和你们一点关系都没有,可我个人觉得就是你们俩闹的。

你说,我倒看看我们俩怎么把市长给闹双规了?老王说。

老张看了看老雷和老王。你们还真认为不关你们的事?听我仔细讲完。老张又说,据说,是姓赵的副市长举报了姓谭的,姓谭的进去以后,揭发了姓赵的。

你说重点行不行?老雷说。

老张嘿嘿笑了笑，接着说，姓赵的副市长，有个侄儿叫赵力，是我们县的副县长，姓谭的也有个侄儿在我们县同样当副县长，叫谭放。

老王说，这两人倒是经常在电视上看到，可是他们与我们也没任何联系啊？

听我说完，你们急什么？我说有关系，就一定有关系。老张接着说，据我的亲戚了解，赵力有个同学，在他的帮助下当了个副镇长。而谭放也有个战友，在他的一手栽培下，同样当了副镇长。无独有偶，这两个副镇长都在咱们这个镇，你们都应该认识。赵力的同学姓雷，而谭放的战友姓王。

这时，老雷和老王都认真地盯着老张。老张又独自喝了一小口酒问，你们现在看出点道道没有？

两个人都若有所思，但立刻又摇了摇头。老王说，我还是想不明白，两个副市长双规与我们什么关系？

好吧，老张说，看来我不把事情说破你们还真搞不清楚，不知道事情的严重性。老张站起身来问老雷，你说，你侄儿的村主任是谁提的名，是谁帮的忙？不等老雷回答，老张又问老王，你侄儿能当村支部书记，靠的谁？

老雷和老王面面相觑。老雷说，我知道，我侄儿当村主任和雷镇长有关系，但是这和市长被双规还是搭不上边啊？

老王补充道，对啊，与侄儿与我们有什么关系？

好，来我问你老雷，你如实回答我。老张说，你和老王闹僵之后，你是不是天天找你侄儿雷主任？

老雷说是，我心里不服气，我就是要让老王看看，我不好欺负。只有侄儿的关系能收拾他！

老王说,狗眼看人低！老雷说你说什么？

老张立刻打断他们,继续问老雷,那你想想,你侄儿自己能把老王怎么样？他斗得过村支部书记老王的侄儿？

自然是斗不过。老雷看了老王一眼低声回答。但是他可以找关系搬救兵啊,他不行,一定有人可以收拾。

老张说,你说对了,你侄儿于是就找到镇里的雷副镇长,可雷副镇长一出面,这个事情还那么简单？你以为老王这边吃素的？

老王不失时机地说,对啊,你以为谁怕谁？按我侄儿的性格,一定会去找王副镇长帮忙。

老张瞥了老王一眼说,你当然不怕谁。可是王副镇长能管到雷副镇长吗？

老王嘿嘿笑了声,那当然不能。可是他也会搬救兵找关系啊,总有人能管到他！

老张说,你说得非常正确。于是就往上找呗,你们俩想想,再往上呢,会找到什么地方找到谁？现在再想想,两个副市长双规和你们到底有没有关系？老张突然大声说,多大个事情呢,你们俩非得闹个你死我活,你们看看,现在闹成什么模样了？

这回,老雷把头低了下去,老王也看着桌子上的菜,一言不发。

半晌,老张把装满酒的杯子分别放到老雷和老王的面前。老张说,现在你们一起把这杯酒干了,答应我以后再别闹了,好不？

老王有些犹豫,老雷却端起杯子主动侧过身小声对老王说,还磨蹭什么,你是真不知道还忘记了,老张那个最让他自豪的儿子现在就在市纪委工作,老张说的亲戚就是他。

老王触电般起身,连忙抓起了杯子说,好,干！

关系链

这是一个心灰意冷的下午，天很冷，我瑟缩着身子感到了前所未有的绝望。

这是我第五次找张局长盖章了，但也是第五次被他拒绝。每一次，我都想尽办法，该找的关系找了，该花的钱花了，现在我已经完全没有了主意。可是，如果没有张局长盖的章，我的工作问题就无法落实，失去这次机会，我太对不起我的父母了。

我是一个土生土长的乡下孩子。父母都是种小麦的，我们家有大块大块的小麦，父亲把小麦不断地磨成面粉送到城里，然后铺成我读书的路。父亲说，我是他们唯一的希望。父亲还说，只有我有了工作了，他们的希望才算真正实现。我在父母的希望中一步一步走出大学的校门，眼看就要有一个稳定的工作了，却在这个骨节眼上被一枚公章拦住了去路。我不知道其他人落实工作时是怎么做的，但现在对我而言，已经真的绝望了。

我吸溜着鼻涕，从张局长的办公室退了出来。那幢大楼很高，衬着我渺小的身子。身上的钱已经被耗得所剩无几，而这时肚子却偏偏吼了起来。大楼的门口，一家牛肉包面馆里正不断冒出热气，因为廉价，我拖着步子走了过去。

老板娘是个 40 多岁的中年妇女。她热情地招呼我坐下，但她明显看出了我脸上的不快。她说，我这里的包面可是全城最好

吃的包面,小伙子,一碗吃下去你的心情就会好的。

　　我没有搭理她,我在想,我父母那些用小麦铺出的路都白铺了。

　　老板娘又自讨没趣地说,我每天要卖出好几百斤包面,你说我生意好不好嘛。

　　我依旧没有搭理她。她无法理解,我内心的痛苦。我看见了父母的流着汗水苍老的脸,佝偻的背影,看见了无数小麦被风被冰雹糟蹋了。我的眼里有了泪水。

　　她被我的表情吓住了,连忙递给我一张纸说,孩子,怎么了,把泪水擦擦。接着,她又说,我看你很眼熟,你老家是不是邓家沟的?

　　我点点头。邓家沟,遥远的农村,我朴实的故乡。

　　那你认识邓九斤吗?

　　我一愣。邓九斤,我那朴实憨厚的父亲。我说,那是我爹。

　　老板娘惊讶着张开嘴。她说,缘分呀,缘分呀。孩子你别哭,你有什么事情给阿姨说说,说不准我能帮上一些忙。

　　凭你?我摇摇头,我自己都已经绝望了,你能帮我。我觉得她在开玩笑。

　　那也未必,给你说吧,我在这里开了这么多年面馆,也认识不少人,也能办不少事你信不信?

　　我看了看她,然后拿出了自己的材料。我说,你能在这上面盖上公章吗?我找了那么多关系都不能,何况是你?

　　老板娘接过材料一看,一脸认真地说,这章的确不好盖,不是一般关系真盖不着,这要张局长点头才行。她顿了顿,不过呀,小伙子,我今天还真要把你这个忙给帮了。我出面,很快就能搞定,你信不信？

一块包面烫在了我的喉咙里。我赶紧咳嗽着，然后睁大眼睛问，真的？若是真的我给你磕头了！

老板娘哈哈一阵笑，然后站起身来说，你在这里放心地吃包面，我马上回来。接着，她拿着我的材料，来不及解下满是油垢的围腰就飘进了大楼，我看到她的手上还有白色的面粉。

我在祈祷，希望真有奇迹。包面是没有心思吃了，那些包面，像张局长那张公事公办的脸。

几分钟，也或许是几个小时。我不知道过了多久，她的身影终于飘到了我的面前。她微笑着走到我的面前，然后慢慢地把材料打开，我看到上面有一个猩红的公章。

我差点没站稳。我赶紧抢过来一看，果然是那个我期盼已久的公章。而且肯定是真的。我双膝一软，几乎给她跪下。太不可思议了，我花费了那么大的精力，一个明明就绝望的事情，却被路边一个不起眼的卖包面的给完成了。

我要谢她，给她叩头。但她拦住了。她说，这么点小忙，谢什么？

小忙？或许她真不知道这对我有多重要，也或许是她做得太轻松。我抬起头，满脸疑惑地问她，阿姨，您是怎么办到的？

她笑了笑，说了你也不信，记得我说过我这里生意很好吗？许多人天天都来吃，哪一天早上不吃我的包面整个上午都会饿肚子。

我点点头，这和张局长有什么关系？

当然有关系呀。她笑起来说，我只是告诉他，如果不给我盖章，我的包面就不卖给他了。就这么简单。

就这么简单？我问。

她笑着点头，这个社会，关系就是这么现实，不卖给他他准饿肚子。

可是，我又有了新的疑问。可是，你为什么要这么热心帮我，这一切太意外了。

她哈哈大笑起来，她说，这就要回去问问你的父亲邓九斤和我是什么关系了。看到我满脸疑惑，她马上又说，要是他不把你们家的面粉卖到我这里，那我岂不是要关门了？

良　方

牛局长的夫人最近几天都心神不宁，在一起打麻将的时候总是呵欠连天，老出错牌，输了不少钱。这一切，局办公室邓主任的老婆张小花早就看在了眼里。

趁人少的空，张小花赶紧靠近牛夫人，十分关切地问牛夫人怎么了。这一问，牛夫人犹如苦水打开了闸门，连忙把自己的痛苦娓娓道来。

原来最近牛局长患上了失眠症，一到晚上就在床上辗转反侧，一直到天亮都无法入睡，因为休息不好，牛局长脾气就变得异常古怪，动不动就大发雷霆。为了让牛局长尽快找回睡眠，牛夫人到医院给牛局长买了很多治疗失眠的药，但牛局长吃了以后并不见效。后来牛夫人又陪牛局长去看心理医生，找催眠大师催眠,想了许多法子都无法改变牛局长失眠的现状。

牛夫人为此痛苦不已,不光要受牛局长的气,还要跟着睡不成觉。牛夫人痛苦地发现,自己脸上多了好几条皱纹,而且竟然有了厚厚的黑眼圈。

牛夫人说,要是谁能帮我找到治疗失眠的良方,我感激不尽啊。

张小花听了以后赶紧说,我倒是有个偏方,不知道有没有效果。我们家小邓以前也出现过类似现象,我想尽了法子,后来就是让这个偏方治疗好的。

你别绕弯子,什么偏方? 牛夫人有些迫不及待。

张小花小心地掏出一只录音笔说,每当小邓失眠的时候,我只要把这里面的录音一放,他马上就会睡着。

是吗,这么神奇? 牛夫人惊奇地睁大眼睛,一把抓过录音笔说,现在正好了到下班时间,我赶紧拿回家试试。说完,牛夫人起身就走。

张小花站起身来,突然想起了什么,连忙对着牛夫人的背影说,哎,哎,我还没说完呢。但是已经来不及了,牛夫人已经走了很远。张小花叹了口气说,糟糕了。

牛夫人回到家里,连忙把睁着眼睛的牛局长拉到床边,然后打开了录音笔。不知所措的牛局长正打算生气,却听到录音笔里传来一个声音:"同志们……"录音笔里的声音没讲几句,牛夫人就惊喜地发现失眠多日的牛局长竟然乖乖地倒在了床上,顿时鼾声如雷。

牛夫人高兴不已,天啊,这录音真是太神奇了,是谁在讲话呀? 突然,牛夫人发现录音似乎越听越熟悉。

这不是我们家牛局长在讲话吗？牛夫人打了一个长长的呵欠说，始终是管不了那么多了，真是太困了。

接着牛夫人就倒在床上酣然入睡了。

老板键

自从发现菠萝的秘密之后，兔子对菠萝就再也没什么好感了，甚至有些看不起他。

进行政部的头一天，山竹董事长就十分郑重地向兔子和芒果介绍，说行政部的菠萝很不错，是公司的笔杆子，也是连续多年的优秀员工，你们年轻人，得多向他学习。

后来按照主管的安排，兔子正好坐在了菠萝的对面。兔子一抬头，就能看到菠萝。菠萝似乎总是很忙，任何时候，他总是在键盘上敲打着，目光里充满着思考。菠萝不怎么爱说话，每次见到兔子，菠萝就会微笑着点点头，接着依旧忙碌。

但自己刚进公司，兔子也没什么心思去研究其他人，他得把精力放在工作上。老实说，最近兔子觉得压力很大，一方面是因为公司给他的任务一个接一个，另一方面是和自己一起进公司的芒果的表现明显比自己好，据说山竹董事长还单独找他谈过话。两人都在试用期，最终谁去谁留还是个大问题。为了干出业绩，兔子早出晚归，有时候还通宵加班。

有一天，兔子疲惫地抬起头，意外发现菠萝正看着他微笑。

兔子有些不解,菠萝却先说话了。菠萝说,兔子,帮我倒杯水吧。接着就把水杯递了过来。

兔子接过杯子愣了一下,菠萝却已经坐了下去。兔子有些不情愿,但还是去了。

饮水机在办公室的另一头,兔子接完水来到菠萝面前时,菠萝并没发现他,菠萝正全神贯注地盯着电脑。这时兔子看见,菠萝的电脑屏幕上,正启动着当前比较流行的一款游戏。

敢情大家都这么忙,他却忙着打游戏?兔子觉得自己有些眩晕,就这人,还是优秀员工?

就在这时,菠萝似乎发现了兔子,只见他一敲键盘,游戏画面顿时没有了,桌面上出现了一个正在修改的文本。兔子知道,菠萝使用的是老板键。

兔子假装没看见,把水递给了菠萝。菠萝说了声谢谢,然后面不改色地盯着电脑继续忙碌了。

兔子坐在位置上,心里却平静不下来。兔子看了一眼作沉思状的菠萝,觉得他无限虚伪。现在兔子知道了菠萝的秘密,忙,都是装出来的。

可兔子自己是真忙,一个活没完,新的又来了。眼看试用期即将结束,眼见着芒果的业绩直线上升,兔子都急红了眼。再想想自己面前的伪君子,兔子就越发不平衡了。

很快,三个月试用期就结束了,公司的考核结果却很意外,芒果走了,兔子留了下来。

兔子知道,自己的业绩和能力,其实远远赶不上芒果。

跟公司正式签约的那天,菠萝主动敲了敲兔子的桌子说,晚上一起吃饭,给你庆功。

兔子本不想去，但盛情难却，还是去了。

兔子一喝酒，就爱说真话。酒过三巡，兔子就晃着身子对菠萝说，我知道你一个秘密。

菠萝哈哈一笑，说，我也知道一个关于你的秘密。

两人喝了又一杯酒，然后划石头剪刀布，谁输了谁先说出来。结果，兔子输了。

兔子就说，我知道，你上班在打游戏，你设置了老板键，你的忙碌都是装出来的。

菠萝又哈哈大笑，说，我故意让你知道的，你信不信？

兔子愣住了，为什么？就不怕我举报你？

菠萝再次哈哈大笑起来，我把你当兄弟，才故意让你知道，你现在依旧可以去举报，你看老板是该信你还是信我？菠萝接着说，我告诉你，我其实大多数时候都不忙。一个稿件，我基本40分钟就能完成，但往往我会在两天以后才上交。

你为什么要那样呢？

菠萝说，你想不想知道为什么是你留了下来而芒果走了？我来告诉你吧，芒果是自动放弃的。

不会吧，他自动放弃的？

是的，因为他承担不住业绩的压力。难道你没发现，只要你交稿之后，立马就会有新的任务交给你？甚至你没交稿，就有新的任务压过来了？而考核期间，芒果的表现明显比你好，你的任务没完成，芒果自然会不断接受新任务。芒果是人，不是机器，任务太多，机器也有坏掉的时候。最后他受不了了。

菠萝停顿了一下说，兔子，现在你明白了我为什么要假装很忙了吗？

不明白，兔子说我反倒越来越糊涂了。

菠萝一字一句地说，芒果之所以会自动离开，就因为他太能干了。人太能干，就得多干点啊，尤其是只有你能干而别人不能干的时候，只能独自干到不能干为止。

兔子拍了拍脑袋，想想几个月来的经历，若有所思地说，难怪你要设置老板键，看来你是要教我一招啊。

别高兴得太早，菠萝说，本来我是想提醒你要控制节奏，但由于你前段时间的努力，你的业绩水平和能力已经有了一个恒定标准，哼哼，你想学我就难了。对了，忘了告诉你，我已经提升为客服部的主任了，你懂的。

兔子叹了口气说，不，我真不懂。

红 布

葛青走进老末办公室，没来得及将手中的文件递出，老末却把一份文件递给了他。老末说，你先看看吧！

葛青愣了一下，说，怎么，他又抢到了我前面？

老末笑了笑，坐在椅子上转了个圈说，你先看看人家的，如何？

葛青接过文件夹，却并没有打开。他把目光投向远方，脸也跟着转向一边。葛青知道，此时自己的脸一定和远方的天空一样，灰蒙蒙的。

已经是这个月第三个案子了。葛青并不知道对方是谁，但每次葛青的方案交给老末之前，对方的方案就已经放到了老末的案头上。更让葛青感到恼火的是，对方做的每一个方案，都比自己做的更新颖更全面，有些思路和见解，自己遥不可及。

此前，葛青在老末的公司里可谓中流砥柱。几年时间里，为公司拿下过许多成功的案子。老末曾多次拍着葛青的肩膀说，你这家伙，是一头牛，有劲儿。葛青未置可否，后来却也觉得理所当然。

但就在最近，公司突然冒出一个人来。老末告诉葛青，对方也是一个老员工，只是之前没在策划部，所以葛青并不熟悉他。他在无意之中看见葛青做的方案，就提出了新的想法。老末听后觉得有道理，就让他也做做，不想，拿出来的东西果然不错。接下来的几个方案，对方都抢在了葛青前面，而且总比葛青做得好。

他是谁？葛青十分好奇。但老末并不说，葛青把自己熟悉的和不熟悉的人都悄悄地了解了一番，仍查不出蛛丝马迹。

作为公司的老员工，葛青并不轻易服输。几番素未谋面的博弈之后，葛青忽然觉得对方是谁并不重要，重要的是如何超越他。如果一再落后于对方，自己在公司的地位可想而知。所以越到后来，葛青对待案子越认真。就算是输，也要输个痛快，葛青想。

现在葛青转过脸，把两份文件一起递给一脸微笑的老末说，不用看了，我尽力了。

老末把目光定在葛青脸上，半晌才说，你确定尽最大努力了？

真的尽最大努力了么？葛青在心里也问了一遍自己。葛青没回话，却感到脸上有些灼热。

老末站起身来说，这个案子对公司发展很重要。或者这么理解,策划工作对公司的发展很重要。不能总让两个人做方案吧,这个局面还要保持多久?

葛青说,你的意思是?

我的意思很简单。老末说,我建议你最好不急着交你的方案,如果你确定已经尽力之后,公司再评比一下,谁优秀谁留下。老末又拍了拍葛青的肩膀说,别忘了,你是公司的一头牛。

葛青看了看老末,最终决定把自己的方案取回来。不知道对方的底细,却面临着去留,这种没有把握的战争,葛青不能轻易去赌。

从老末的办公室出来以后,葛青花了三天时间,重新整理了自己的思路,新拟定了一份周密细致的方案。方案拟定过程中,葛青觉得自己真的就是一头牛,哪怕对方是一堵墙,也一定要推倒他。再次将方案交到老末手里的时候,葛青肯定地说,我真的尽力了。

老末笑了笑说,好。

但是这次把方案交上去整整三天,老末那边却没有反馈一丝消息。葛青心里十分忐忑,几次想去催问,但又觉得不妥。

第四天,葛青却突然接到总公司人事部的通知,老末调任其他公司任职,作为老末极力推荐的继任人选,葛青接受总公司任前谈话之后即刻开展工作。

面对突如其来的变化,葛青骇然。他有太多的疑问要问老末,他必须当面问个清楚。当他走进老末之前的办公室时,老末却早已离开。整洁的办公桌上,却放着一个十分精美的盒子,盒子下压着一张纸条。老末熟悉的字迹跃然纸上:

一头牛的能量有多大,只有让它追一块红布才知道。只是我把红布挂在了牛角上,它才停不下来。恭喜你跑赢了这一程,我到了新的公司,依然是你的对手,望永不止步!

葛青打开那个盒子,里面折叠着一团耀眼的红色,打开,是一块红布,一块大大的红布。

请龚老师吃饭

上任不久,我决定请龚老师吃顿饭。为体现诚意,我把这顿饭定位为家宴,除了龚老师夫妇外,就只有我的老婆和 7 岁的女儿悦悦。

我亲自给龚老师打了电话,他没有拒绝,欣然应允。要知道,有多少人想请我吃饭我都不会给机会,我请人吃饭,当属例外。

龚老师是我初中时的班主任,也是一生中对我影响最深的一个老师。我一直固执地认为,没有他当初的谆谆教诲,就不可能有我的今天。这么多年,我一直深深地记着他。只是如今再见到他时,他明显老了许多,两鬓赫然有了白发,不过值得高兴的是,现在的他已经是一所初中的校长了。

在龚老师到达之前,我就十分严肃地告诉悦悦,一定要注意礼貌,今天请的可是爸爸的老师,如果不听话,后果很严重。悦悦看着我点了点头。

晚上 6 点,龚老师和夫人杨老师准时赴宴。我和妻子热情招呼龚老师入座。龚老师一脸笑容,乐呵呵的样子,刚入座就给悦悦送了个小礼物。悦悦高兴地收下了。我看了悦悦一眼,没说话。

简单寒暄之后,晚宴正式开始。龚老师坐我旁边,我给他倒了酒,很认真地敬了他一杯。我说,龚老师,你是我最尊敬的老师,没有你,就不可能有我的今天!

龚老师赶紧说,哪里哪里,你言重了,你从小就与别的孩子不同,我只是尽老师该尽的义务。

我和龚老师一饮而尽。

我想不到的是,这时悦悦突然把桌子上的一瓶饮料扔到了地上。啪的一声响,让桌子上的所有人都愣住了。妻子赶紧打圆场说,悦悦,你怎么连一瓶饮料都拿不住?

我瞪了悦悦一眼,悦悦立马把头低下去。在我们家里,悦悦最怕的人就是我。这孩子性格像我小时候,调皮捣蛋。尽管我也在教育岗位上工作过,但教育自己的孩子,结合我自身的经历来看,我一直崇尚严厉的教育方式。对待调皮捣蛋的孩子,该打则必须打,该骂还得骂,不然现在的孩子就得飞上天了。刚才瞪悦悦这一眼,算是警告。

我又倒了杯酒。这时候龚老师端起杯子说,你是我最骄傲的学生,作为老师我十分自豪,来,我敬你。说完,他就一口干了。

我只好干了。然后我给龚老师夹了块肉,顺便简单问了问龚老师学校的情况。我说,龚老师,不管是你,还是你们学校,有什么需要的,你尽管说。

我看到龚老师拿筷子的手抖了一下。他立即说,学校,还有我都很好,不麻烦。

我呵呵笑了一下,说您见外了。然后我又敬了龚老师一杯。

这时悦悦毫无征兆地将筷子扔到了地上,然后嘟起嘴说,妈妈,这饭一点也不好吃。

我心中的怒火迅速窜了上来。换以往,这样的表现我早就家法伺候了。但今天龚老师在,我强压住自己的脾气,再一次瞪了悦悦一眼说,你注意点,再这样,爸爸要收拾人了。

悦悦又低下了头。

龚老师赶紧递了双筷子给悦悦说,没事,小乖乖。然后龚老师又对我说,小孩子,别要求太严格,有点小脾气很正常。

不严格不行啊。我说,现在的孩子,缺的就是严格教育。说到严格,我必须敬您一杯!

龚老师顿时有些惊讶。

我给他斟满酒,然后碰了一下说,您还记不记得,您曾经打过我一记耳光?

初二那年,因为寒假作业没写完,开学后,龚老师在课堂上当众扇了我一个耳光,那是我有生以来挨得最重的一个耳光,当时双眼冒星星,还流出了鼻血。不仅如此,龚老师还让我搬开凳子,跪在自己的座位上上课。直到一个星期后,我将落下的作业全部写完,他才允许我坐着上课。从那以后,每次想起龚老师的那一记耳光和那一个星期的罚跪我都不寒而颤。那时,看到他的背影,甚至听到龚老师的名字我都怕。就是这种怕,让我后来不得不努力学习。

有这事?龚老师的脸迅速白了,他端着酒杯的手又抖动起来。他低着头说,对不起啊,如果真有这事,我给你道歉,我早些年脾气不好,不过现在不会了,你放心。

不,不,我赶紧打断他说,你误解了。我独自喝了口酒说,老实说,当初我很不理解,可是后来我越来越感激您,如果没有您的严格要求,你说我能走到今天吗?

龚老师擦了一下额头,我看到他额头的皱纹里已经汗珠盈盈。龚老师颤抖着说,打学生就是不对,不对。

坏老师,打学生! 悦悦忽地站在了凳子上,随着啪的一声响,她手里的筷子径直向龚老师飞了过去,随即落到地上。

这孩子实在太不像话了,她已经触及了我心中的底线。我猛地一拍桌子,厉声吼道,悦悦,你给我跪下!

我话音刚落,身旁就扑通一声响。我扭头,却见龚老师已经从椅子上跌落到地上,他佝偻着身子,瑟瑟发抖。

我顿时愣住了。作为新上任的教育局长,我是真心实意地请龚老师好好吃顿饭,席间,我只是意外教育了一下自己的女儿,不想一切却变得如此复杂。

官　刑

男人有着一副好身板,浑身上下都是肌肉疙瘩。在工地上,男人总是窜上窜下,一个人干两个人的活。

包工头是个白白净净的小伙子,看到男人这么卖力,包工头忍不住问,为什么这么辛苦? 慢一点,也能挣不少钱。

男人露出洁白的牙齿嘿嘿一笑说,家庭压力大,三个孩子,张着嘴巴要吃饭。

三个孩子啊,那一定是超生了。包工头说。

男人又笑了笑说,前面两个都是女娃,后面总算等来个带把的,值! 男人亮了亮膀子说,反正我还有的是力气。

包工头不说话,静静地看着男人。

晚上,男人把一天的工钱放进贴身的口袋里,然后酣然入睡。梦里,男人嘴角露出了一丝微笑。这时,门被轻轻推开,有一个人影慢慢向男人靠近。尽管来人步子很轻,但男人还是警觉地醒来。男人不动声色,却握紧了拳头。

一只手从男人的脸上缓缓往下摸,摸过男人铁疙瘩一样的肩膀,继续往下。摸到男人裆部装钱的位置上,男人猛然跳起,一反手将对方擒住。

干吗? 男人大怒,随即打开灯,却见包工头痛苦地蹲在地上。那只手如柳条般摊落在男人手里。

你要干什么? 男人定了定,再次问道。

包工头洁白俊俏的脸上却立刻落下两滴清亮的眼泪。他抽泣着,一言不发。

男人松开了手,问,弄疼你了? 可你为什么要来拿我的钱?

包工头起身,抹了一下眼泪说,我不是要取你的钱。

那你要干什么? 男人很意外。

包工头破涕为笑,不好意思地看了看男人,然后双手面条般向男人绕过去。我喜欢你。包工头说。

男人连连后退,你变态!

包工头的双手顿在了空中。随即垂落下来。他再次蹲在地上,抽泣着说,是的,我变态,我就是喜欢你这样高大魁梧的男人。

可我是男人啊,男人怎么能喜欢男人呢? 男人扶住身后的墙说，我活了几十年，还是头一回听说男人喜欢男人。想想就恶心。

我也不知道为什么，我就是喜欢男人，喜欢男人生硬的胡须，喜欢男人身上的汗味和肌肉。包工头说，其实我也很累，明明就是喜欢，却不敢表达，一直压抑着。因为我知道，一旦我说出来或者做出来，就一定会得到你今天这样的结果。

男人瞟了包工头一眼说，你是不是受过什么刺激？

包工头摇摇头。

可我就是搞不懂你为什么喜欢男人，难道你想做个女人？

包工头睁大眼睛，努力地点头说，嗯，我就是想变成一个女人。像我妈妈或者像我姐姐。我从小就想变成她们一样，你看，做女人多好，不仅可以打扮得漂漂亮亮，还有人宠着爱着。

你为什么就不学学你的爸爸呢？男人就应该像爸爸一样顶天立地。男人说。

包工头低下头去，眼泪又掉了下来。包工头说，我没有爸爸。

男人看了他一眼说，你别老是哭啊。男人又说，我是个正常男人，我不喜欢男人，你走吧。

包工头抹了一下眼泪说，我可以抱抱你吗？他望着男人，补充道，像哥们一样。

男人盯着包工头看了一眼，然后伸出了双臂。包工头赶紧把自己的脸贴到男人的胸脯上，然后闭上眼睛。男人张开着的双臂一直停顿在空中，半晌之后，男人才收拢手臂，拍了拍包工头说，好了，我要休息了。

包工头赶紧退后，然后给男人敬了个礼说，谢谢你。

男人不语。包工头走之后，男人辗转反侧，无法入睡。尽管只是被包工头拥抱一下，但男人心中却升起一丝愧疚来。男人忽然就想自己的家了,想自己的女人想自己的孩子。说不清楚为什么,那种铺天盖地的思念感很快将男人覆盖了。男人的心都快碎了,他甚至流下了眼泪。天亮之后,男人收拾好行李,也没有跟包工头打招呼,就独自离开了。

男人去了车站,买了回家的票。一路上,男人心事重重,男人觉得浑身无力,双臂如注了铅一样沉甸甸的,怎么也提不起来。

男人马不停蹄,当他回到自己的村庄,已经是第二天早上。熟悉的家正冒出浓浓的炊烟,女人和孩子都已经起床。院子里不时传来鸡和狗的叫声。

孩子他妈,我回来了。男人吆喝着,随手扔掉行李站在到了门口。

女人吃惊地看着男人,搓了搓手说,怎么现在就回来了,不是说好年底吗? 出什么事了?

没事,我就是想回来看看你们。男人说。

毛病! 女人说,家里好好的,看什么看? 你现在回来,家里的几张嘴吃什么?

爸爸。这时孩子们发现了他,飞奔出来。男人张开双臂,拥抱着孩子们。但很快男人就发现,还差一个孩子。

男人站起身问,弟弟呢?

在那里!

顺着孩子的手指,男人看到,他心爱的小儿子正在门框后打量着他。此时,那孩子把一只手指咬在嘴里,露出半张脸来,小心翼翼地看着男人。但男人还是看见了儿子穿着他姐姐的裙子,头上还扎了个小辫子,辫子上还别了朵小花。

那一瞬间,男人感到一阵锥心的疼痛正扑面而来。

圈养在心中的狼

男人惧怕一匹狼，是儿子出生以后的事情。

男人是山里最优秀的猎人。他有一把祖传的猎刀，那刀锋芒锃亮，削铁如泥。有刀在手，男人握住的就是满满的自信，别说狼，就算老虎也只是挥手之间的事情。

男人曾经就被4大1小5匹狼团团围住过。男人拔出猎刀唰唰一阵挥舞，4匹大狼瞬间就被砍成数段。剩下那匹小狼睁着黑豆般的眼睛连连后退，男人犹豫了一下，仍一刀挥了过去。小狼哀号一声立刻跑开，却留下了一只灰色的狼耳朵。

看着小狼边回头边跑远，男人有些后悔，他知道狼报复心极强，狼迟早会找他报仇。

儿子出生之后，男人却放下了猎刀。儿子很瘦，半眯着眼睛像只孱弱的猫。男人抱着他，心都快融化了。男人想，如果儿子看到一个满身血腥的爸爸，会是什么后果？男人暗地里发誓，一定要做个好父亲，一定要儿子健健康康地成长。于是男人用麻布将猎刀缠住，挂在了墙角。

但男人总会想起那匹一只耳朵的狼，担心它随时可能出现。伤害我也就算了，万一伤害到了儿子怎么办？所以男人从不让儿子离开他的视线。

儿子渐渐长大，那匹狼一直没出现过。可越是这样，男人越担心。男人知道它一直在，作为一匹狼，它终究会来复仇。

不想，儿子却喜欢上了一只羊。

儿子五岁的时候，男人在石头缝里发现了一只刚出生的小山羊，这种小山羊，以前无一例外地都变成了他口中喷香的烤乳羊。儿子却对这个湿漉漉的小家伙爱不释手。

它多可怜啊，儿子说，爸爸，能把它养大吗？

看着儿子清澈的大眼睛，男人点了点头。

男人花了小半天工夫搭出一个羊圈，再把小山羊放在里面。男人从外面割回一些草，一根一根地喂到羊的嘴里。儿子用小手抚摸羊的毛，小山羊就把身子往儿子身边靠。儿子开心极了，拍着手说，它和我交朋友了。男人就笑了。

儿子渐渐成长，小山羊也渐渐变成大山羊。儿子就翻进羊圈和它一起活蹦乱跳，还骑在羊身上。男人发现不光是儿子，就连自己也和这只山羊有了感情。每次男人走近羊圈，山羊都会咩咩地叫几声，而且还会把头撒娇般往他身上靠。男人甚至觉得，这只山羊和儿子一样，看着就特别温暖。

只是一想到总有一匹狼可能出现，男人的心顿时冷却。有了羊的存在，狼可能更容易出现，这是狼的本性，何况，它还要复仇。

山羊在圈里越长越肥硕。男人的儿子也上了学。

男人希望儿子成绩能好点，将来能走出大山。但男人很快就发现，事与愿违，儿子的成绩十分不好。每天放学回家，儿子第一件事情就是去喂山羊，把作业丢在了一边。

男人把儿子拉回屋，手把手辅导他，可是儿子却总是心不在焉。男人咬咬牙，耐心地哄他，诱导他，鼓励他，可男人一转身儿子就溜到了羊圈旁。男人再拉，儿子却挣扎不已。儿子哭着说，我不要读书,我长大了就放羊。男人强拉不动,忽然抡起手,给了儿子一个耳光,这是男人第一次打儿子。

儿子捂住脸哇哇大哭,男人后悔不已。他听到自己的心哗哗作响,他比儿子更难受。

男人走出门打算透口气,没走出几步,他猛然看到了一个熟悉的影子,一匹只有一只耳朵的狼,它正怒视着男人。

男人瞬间惊呆,它果然回来了,该来的,总会来。男人迅速转身,回家取出猎刀。再出来时,狼却不知去向。男人却感到恐惧,他攥紧了猎刀想,这刀恐怕再也不能离手了。

这天下午,男人回家的时候,儿子依旧在羊圈边喂羊。作业做了么?男人问。儿子摇摇头。为什么不做?男人又问。儿子依旧摇摇头。

男人看了看那只山羊,此刻它正温顺地靠着儿子。男人却突然发现,这只羊实在太肥硕了,一点也不好看。以前儿子可以和它玩,可现在还能继续玩吗?

你不做作业,我就杀了它!男人说。

你敢!儿子猛然站起。你杀了羊,我就再也不读书了。

男人实在没忍住,给了儿子一个耳光。读,还是不读?

不读!儿子大哭着说,打死也不读!

我让你不读!男人跳进羊圈,抽出随身紧握的猎刀,没有任何前奏,没有丝毫犹豫,动作娴熟而流利,一道白光闪过,活生生的山羊立刻一分为二。喷薄而出的鲜血溅了他一身。

哭声戛然而止,只见儿子睁大眼睛,脸色惨白,尿液也顺着裤腿流了出来。他意识到了什么,连忙扔掉猎刀伸手去摸,儿子却哇的一声大叫,撒腿就跑。

站住！男人呵斥道，立刻起身去追。跑出数米，却见儿子竟然连滚带爬往回跑来。

男人一把抓住儿子的衣领。

就在此刻，男人才惊恐地发现，儿子的前方，正伏着一匹只有一只耳朵的狼，狼龇着牙，眼里一片血红。

抉　择

这是一个阳光明媚的上午，父亲骑着摩托车，到车站去接儿子。父亲哼着小曲，用温暖的目光抚摸了一遍这座城市，父亲觉得今天这城市里的高楼、汽车、商铺以及来来往往的行人，甚至是以前无比厌恶的各种喧嚣和噪音，在今天都显得无比亲切。

父亲来这座城市九年了。从进城的第一天起，父亲最大的愿望就是要把儿子送到城里来读书，要让孩子从更好的地方起跑。后来父亲才知道，这件事情谈何容易？他搬过砖、扛过钢筋、掏过下水道、当过"蜘蛛人"，现在买了辆两轮摩托车做了一名快递工，尽管如此，他依然不具备让孩子到城里读书的本地户籍或者昂贵的择校费。

但父亲始终没有放弃。就在昨天，他终于想方设法托关系找到了一所不错的学校，学校领导答应，只要孩子能通过一个相对简单的考试，学校就收下他。父亲高兴不已，此前孩子本已经在老家的中学里名列前茅了，对于新学校的考试父亲信心十足。

现在，父亲到了车站，孩子正在车站门口冲他挥手。父亲拍了一下孩子的脑袋说，你小子又长高了？

孩子说，嘿，我都读初二了，青春期呢。

上来吧，父亲拍了拍后座。孩子立刻迈腿坐了上去。父亲启动车子，缓缓前行。

准备好没有？父亲问。

没什么可准备的，不就是考试嘛。孩子说。

不要吹牛，城里学校的考试肯定比老家难。你得抓住机会。父亲强调。

不就是地理位置占优势嘛，其实教的知识点应该差不多。孩子又说。

你呀，别讲歪道理，给我好好考！

遵命。孩子说，你好好骑车吧。

正聊着，前面出现了缓行，汽车排成了长长的一串。父亲并没有停下来，熟练地从车流的缝隙里穿过，一直往前。

孩子说，你行不行啊？

父亲嗤了一声说，放心吧，这种场面我见多了。

不一会儿，父子俩就到了车流的堵点。原来是一起事故，一辆宝马和一辆面包车撞到了一起。宝马的车头撞到了面包车的车身，面包车凹进去了一大块。

宝马也会撞车？儿子问。

宝马也是车，就不能撞？父亲说，依我看，完全是宝马的责任。父亲把摩托车往路边停下来说，你看，面包车是直行，宝马肯定是想抢道，操作失控就撞上去了。

看来宝马技术不好。儿子说，怎么不走了？

父亲笑了笑说，你没看见那辆面包车是快递公司的吗？那就是我们公司的，这车我熟，司机是我朋友，你得叫吴叔叔。

难怪！儿子说。

父亲下了车，冲面包车司机招呼了一声，老吴，你没事吧？

没事没事。面包车司机看着迎面走过来的父亲说，老张啊，你来得正好，我车上有个急件，你帮我捎回公司，我估计一时半会儿走不了。

父亲打量了一番说，交给我吧。人没事就好。两个人简单交流了几句，父亲就从面包车上搬出那个急件，回来了。

此时儿子正一只手托着下巴，直直地看着那两辆车。父亲见状摸了一下他的头说，小子，想什么呢？我们得抓紧时间了，走吧。

儿子哦了一声，接过父亲手中的快递，重新坐好。父亲启动摩托车，再次出发，耳畔迅速传来呼呼的风声。父亲感觉到，儿子似乎与刚刚上车时有了一些变化。

果然走了一段路之后，儿子突然拍了拍父亲的肩膀问，你们公司那个吴叔叔平时开车技术好不好？

父亲将车放缓说，老吴是我们公司最好的司机了，20多年驾龄，技术肯定没问题。你问这个干吗？

我不知道你发现了一个问题没有？儿子问。

父亲把车停了下来，扭头问，什么问题？

我之前一直以为，开宝马车的人技术一定比开面包车的技术好。就在刚才我弄清楚了，开着好车的人不一定技术就好，开着普通车的人不一定技术就差，对不对？儿子说。

你才知道啊，车好坏没关系，技术很关键。父亲说。

嘿嘿，儿子突然笑了。他站起身来把头伸到父亲面前，忽闪着大眼睛问，那你为什么非得要我读城里的学校？只要我能学到重要的知识，学校是城里的还是乡下的，重要么？

父亲被突如其来的问话愣住了，他看着儿子，好一会儿才动动嘴角。刚想说点什么，电话却响了，父亲赶紧接听。片刻之后，父亲竟然摇了摇头，看着儿子笑了。

笑什么？儿子说，你还没回答我的问题呢。

父亲说，你是不是以为刚刚的事故就该宝马车负责？

你说呢？儿子问。

刚才的电话是老吴打过来的。他告诉我，他不仅没要宝马赔钱，还主动给宝马车主道了歉。父亲说，你是不是想不明白为什么？

为什么？儿子跳了起来，凭什么？

父亲叹了口气说，因为那个开宝马的，是我们公司的老板娘。父亲按住儿子的肩膀让他坐了下来，父亲说，你刚刚说的道理没错，但现实是有技术的就一定能开到好车么？你赶紧准备考试吧！

说完，父亲轰了一下油门，摩托车就飞了起来。

第九个电话

　　下午四点多,妞妞的班主任老师给我打来电话,焦急地告诉我,妞妞和其他两位同学不见了。

　　今天本来是周末,学校并没上课,但妞妞的班上在距离城区 50 公里的大梁山组织了一次户外活动。为了锻炼孩子们的独立能力,班级的 QQ 群里早就挂出了通知,本次活动除了带队老师外,一律不要家长参加。

　　妞妞对活动十分感兴趣,昨天晚上高兴得睡不着觉。她在自己的房间里折腾了大半宿,不停地往小背包里装东西,装了又拿出来,拿出来了又装进去。最后小背包里只装了三样东西,一瓶矿泉水,一包饼干和她的手机。

　　妞妞用手机已经有些日子了。这部手机是她读一年级的时候我送给她的。粉红色的外壳,虽然小巧,但功能齐全,能上网也能打游戏。我告诉妞妞,手机的主要功能就是通话。至于游戏和其他功能,需要的时候就用,不需要的时候就不要理它。刚买回来那阵,妞妞把手机里的游戏都玩了个遍,没多久妞妞就没有了兴趣。如今一年过去,除了打电话妞妞几乎不玩手机。但对妞妞来说,手机却很重要,她的口头禅是,有事给我打电话。

　　这是妞妞第一次离开我们的视线参加这类活动。我一开始就有些不太放心。但妞妞郑重地告诉我,家长千万不要去,一定要相信她。妞妞拍了拍背包说，我带了手机，有事打我电话。

中午的时候，我忍不住给妞妞打了个电话。可能山上信号不太好，和妞妞的通话效果并不理想，断断续续地听见妞妞说山上很好玩，她很开心，之后就断掉了。

没想到现在妞妞却不见了。我心急如焚。妞妞可不能有半点闪失，否则全家人都会跟我没完。我连忙拨打妞妞的电话，电话却无法接通。为了尽快找到妞妞，我让妞妞的妈妈赶紧报警并联系其他两个孩子的家长，自己则开车迅速赶往大梁山。

老师在电话中告诉我，他们在山上分小组进行寻宝活动，妞妞这一组三个人到山的南面指定位置寻宝，按照计划应该 1 小时内返回。但是到了规定时间，其他人都平安回来了，就妞妞这一组三个人都没有回来。老师和同学们把嗓子都喊破了，该找的地方也找了，就是没有发现这三个孩子。

妞妞一直比较听话，一般说来，她不会乱跑。从小我们也对她进行过一些安全教育，她有这方面的意识。正因为如此，现在的情况不得不让我担忧。路上，我再次拨打妞妞的电话，依旧无法接通。想起妞妞之前给我说有事会打我电话，我心如刀绞。

就在我全速赶往大梁山的路上，一个陌生电话打了进来，对方告诉我，妞妞和另外两个小朋友在医院。我急忙问，她怎么样？对方说妞妞没事，有一个小朋友受伤了，你赶紧来吧。

我立刻掉头去医院。

在医院里，妞妞脸上还有泪痕，看到我，她一头扑在我怀里。我用手抚摸着她凌乱的头发，说，丫头，没事，不哭，告诉爸爸，怎么回事？

妞妞告诉我，在山上寻宝的时候，和她一组的一个小朋友摔了一跤,腿受伤了,不能动,一动就疼。她和另一个小朋友背不动他,离老师的距离比较远,周边又没有大人,他们心里十分着急。妞妞说,这时候我就想起了给你们打电话,可是怎么打都打不通。

谁的电话打不通?

你的,妈妈,爷爷奶奶,外公外婆,语文老师和数学老师。妞妞伸出手指说,整整打了 8 个电话,全都无法接通。

这 8 个人是妞妞认为最重要的 8 个人,每个人的号码她都倒背如流。遇到麻烦,她自然会首先打这几个人的号码。但怎么会全部无法打通呢? 我问,是不是你电话出问题了?

我不知道,反正都打不通。妞妞说着,把她的手机递给了我。我拿过手机,很快就发现她手机的信号被关闭了。可能是她自己无意中关闭的,也有可能是借给别的小朋友玩不小心关闭了,总之被关闭了。

那么,你后来是怎么到了医院的? 我很好奇。

妞妞看了看我说,我还打了第 9 个电话。这个电话一打,很快就有人来救我们了,一直把我们送到医院。

你不是说打不通吗? 你后来打给谁了? 我连忙翻看她的通话记录,随即我愣住了。

你自己想起这个电话的? 我问。

当然啊,妞妞有些自豪地说,你忘了是你告诉我的,遇到危险就打这个电话,就会有人像爸爸妈妈一样保护我。没想到一打就通了,比你们的电话都管用。

我蹲下身子,再次抱住妞妞,那一刻我百感交集。妞妞的通话记录上,"110"三个数字格外醒目。

父亲的证明

天快黑的时候，一个男人来到了学校门口。男人头发蓬乱，双眼通红，密密匝匝的胡须似乎很久没剃过。他的出现立刻引起了我的警觉。

我拦住他问："你找谁?"

男人看到我，搓了搓双手，有些不好意思地说："老师，我是胡小花的爸爸，我来接她回家。"

我把胡小花叫了出来。此前，胡小花都是由她奶奶来接的。她爸爸，我还是第一次看到。"小花，你爸爸来接你了。"

胡小花听到后飞快地跑出来："爸爸在哪里?"

我指了指眼前的男人。男人后退了一步，半蹲着身子轻声喊道："小花，你看谁来了?"

"小花，过来，爸爸抱抱。"男人微笑着，看得出是那种带着讨好的微笑。但胡小花退后了一步，拉住了我的衣袖："老师，我不认识他，他不是我爸爸。"

我吓了一跳，赶紧搂住小花，再次警惕地打量这个男人。我看过许多地方丢小孩的案例，犯罪分子就是装成亲人把小孩骗走的，没准这个男人就是个坏人。我大声问道："你到底是谁?"

男人站了起来，脸上顿时皱纹密布。"我是小花的爸爸啊，小花，你怎么不认识我呢?"

我问:"你叫什么名字?"男人说他叫胡文进。

我转身问小花,小花说他爸爸是叫胡文进。我让男人拿出身份证来看看。男人立刻在自己身上摸索,片刻后却摊手说,他来得匆忙,没带在身上。

我拉着小花,打算回教室。男人在背后喊:"老师,等等。"我转身,发现男人一脸痛苦,蹲在地上。他抬起头对我说:"我真的是胡小花的爸爸,我今天刚回来,她奶奶生病了,就让我来接她。你们怎么就不相信我呢?"

我摇摇头,说:"不是我不相信你,连孩子都不认识你,我怎么可能把她交给你?"

"你要我怎么办才肯把孩子交给我?"男人几乎是吼了起来,"她明明就是我的女儿,凭什么不让我带走,天马上就黑了。"

我说:"不是我要怎么样,是你必须证明你是她的爸爸,我们也是为了孩子的安全着想。"

男人平静下来,勉强笑笑,说:"对不起,老师,我刚才情绪不好。我真的是她爸爸。小花两岁时,我和她妈妈就出去打工了,我已经快五年没见过孩子了。如果不是我手里有她的照片,我也不认识她。"

胡小花突然大声说:"你不是我爸爸,我爸爸没说要回来,前天他还和我通过电话。"

男人把双手伸进头发里,努力地抓了一把自己的头发。然后他站了起来,我看到他双眼有了泪水。男人说:"老师,你有电话吗?你说个号码,我给你打过来。"

我疑惑地看着男人。他正用恳求的目光看着我。我犹豫片刻,还是将号码告诉了他。接着,男人拨通了我的电话。男人说:

"把电话给小花好吗?"

我虽然不解,还是将电话给了胡小花。胡小花接过电话,我看到男人脸上立刻绽开了笑容,他的声音也一下子变了,他用温柔的声音轻轻地说:"喂,小花,乖伢子,我是爸爸呀!"

"爸爸!"几乎是在一瞬间,胡小花飞跑过去,一把抱住男人,一边还回过头,对我说:"老师,他是爸爸,爸爸每次都是这样叫我的!"

男人紧紧地抱住小花,把头深深埋在小花的肩膀上,小花也在他的肩上啜泣着。半晌之后,男人抬起头,努力微笑着对我说:"这些年,我天天给她打电话,她更熟悉的,是我电话里的声音。"

那一刻,男人泪流满面。

做　客

左青青坐在山头上的一块大石头上,有一阵微风缓缓吹过来,柔柔地抚摸着她的头发她的脸。

今天放学后,左青青并没有急于同往常一样一上山就砍柴。奶奶说了,今天左青青可以不砍柴。早上起床后,奶奶给她煮了碗荷包蛋,然后绽开核桃壳一样的脸笑着对左青青说,青青啊,今天你就满 10 岁了。奶奶站起身,一只手扶着腰,另一只手擦拭了一下眼角说,一晃啊,就 10 年了。

10 岁的左青青是奶奶一手带大的。连左青青自己也有些怀疑,她也许就是个孤儿。左青青生下来不久,爸爸妈妈就外出打工。除了不断寄回家的汇款单外,几年来左青青只和妈妈通过几次电话。妈妈的声音很圆润,但每次通话都很短暂,妈妈总会在电话那头哭,哽咽的时候,爸爸总会抢过电话,说青青乖,打长途贵,过年的时候我让妈妈回来看你。说完,就挂了电话。但是过了一年又一年,爸爸妈妈谁也没有回来。

说不出为什么,今天左青青特别想爸爸妈妈。整整一天她的脑子里全是照片上爸爸妈妈的笑容。左青青想,要是爸爸妈妈回来陪我过生日多好啊。可是爸爸妈妈为什么都不回来呢?

此刻,左青青坐在山头上,眼前是一座又一座的山。层层叠叠、高低起伏的山。奶奶说过,山的尽头,就是爸爸妈妈打工的地方。如果自己现在用力喊,爸爸妈妈会不会听见呢?左青青站了起来,她把手罩在嘴前,试着喊了一声,爸爸,妈妈! 很快左青青就听见,对面的山上传来自己的回音:爸爸,妈妈。左青青有些高兴了,赶紧又喊了一声,山上又传来了一阵回音。

爸爸,妈妈! 爸爸,妈妈,你们回来吧! 左青青使出全身力气喊了起来。左青青听见,自己的声音不断在山谷里回荡,一声接着一声,一层连着一层,一直传到看不见的地方。她看到,层层叠叠的山很快都变成了爸爸妈妈的脸。爸爸妈妈说,青青乖。爸爸妈妈说,我们过年就回来看你。左青青的声音就小了下来,她哭了。

爸爸,妈妈! 就在擦眼泪的时候,左青青突然听见身后传来了一阵喊声。她扭过头,不知什么时候村里的几个伙伴全都站在了自己身后。这些伙伴人人和左青青一样,都是很多年没见到自己的父母了。他们说,青青,我们一起喊吧。顿时,山谷里"爸爸、妈妈"的呼唤声一片,整齐而又悠长。

孩子们,先停一停好吗? 正在大家喊得带劲的时候,应声走出来一个背着包袱、扛着摄影机的叔叔。左青青认识这个戴眼镜的叔叔,今天在学校,左青青看见这个叔叔和老师在说话。后来叔叔还和老师一起到教室做了个调查,大致是问哪些同学的父母不在家,结果全班同学都举了手。

我是电视台的记者。眼镜叔叔自我介绍说,刚才你们的喊声吸引了我。我知道你们都想自己的父母了。我可以帮你们把一些愿望带给他们。

真的吗? 怎么帮我们? 左青青和伙伴们一起围了上去。

眼镜叔叔指了指摄影机说,我可以用它把你们要说的话录下来,然后在电视上播放,你们的爸爸妈妈就能在远方看见了。

太好了。我要录,我要录。孩子们马上争先恐后地往镜头前拱。

眼镜叔叔说,你们等等,一个一个地来。接着他将摄像机固定在一个架子上,然后说,你们每个人对着镜头说一句话,说的时候想象着父母就在你面前,说想对他们说的话。

第一个伙伴说,爸爸妈妈,你们回家过年吧。

第二个伙伴说,爸爸妈妈,我数学考了 100 分。

第三个伙伴说,你们放心吧,我会很听话的。

10 多分钟过去了,在场的几个伙伴都表达了自己的愿望,只剩下了左青青。眼镜叔叔把镜头对着左青青,示意她说话。左青青看着乌黑的镜头,双手在胸前绞动,嘴唇跳动了几次,却一直没说出来。

小朋友,别怕,你就想着眼前就是你的爸爸妈妈,见到他们了,你最想说的是什么? 眼镜叔叔引导道。

说吧,不怕。伙伴们也为她加油。

左青青狠狠地咬了一下自己的牙,半晌之后,终于小心翼翼地探出头,轻轻地问了一句话:爸爸妈妈,今年我可以到你们家做客吗?

左青青看见,眼镜叔叔猛然摘掉眼镜,他哭了。

护 佑

男人和女人动手的那一刻,孩子大声地哭了。

这本该是一个其乐融融的周末。换作以往,男人和女人吃过早饭,就会带着孩子去公园或者游乐园玩。平日里男人忙,女人也忙,孩子是属于奶奶的。这个善良的奶奶除了偶尔在家里烧烧香拜拜佛,其他时候,照顾孩子就成了她生活的全部。但是到了周末,孩子是属于男人和女人的。他们会把这一个星期积淀下来的爱,用两天的时间集中释放在孩子身上。不出意外,每个周末,这个三口之家都将被笑语欢颜所包围。

打破这种美好氛围的仅仅是一条微信。男人打开微信时女人要求查看,男人拒绝了。于是一场战争由此打响,最初是语言上的质询、对抗,最后演变成肢体上的碰撞。女人扑向男人,男人立刻抓住女人的手,两人在卧室里扭成了一团。

孩子手里的玩具落在地上发出一声脆响,她惊恐无比地看着男人和女人,跳动着身体,接着发出刺耳的哭声,别打,你们别打。

男人扭过头来,连忙去拥抱孩子。不料刚起身就被女人扔过来的一只鞋打中了脸。男人抹了一下孩子脸上的泪水,说,宝贝别哭,爸爸妈妈闹着玩呢。话没说完脸再次被另一只鞋打中。

男人转身和女人又扭成了一团。那一刻愤怒瞬间弥漫整间卧室,孩子瘦小的身体和高分贝的哭声立刻被愤怒淹没。直到男人再次将女人的手控制住,他才发现孩子已经出了卧室,在客厅外哭着喊奶奶。奶奶快回来啊,他们在打架。

奶奶自然是不在。孩子的哭声却让男人心悸。万一孩子着急爬出了阳台呢,万一邻居听到哭声进来敲门呢,男人不敢多想,迅速推开女人,冲出卧室。孩子果然在阳台上,男人一把抱起孩子折回卧室。男人说,宝贝别哭,妈妈是找爸爸说事,我们没打架,没打!

但孩子还没放下,女人又扑了过来。男人转身按住了女人的手。双方短暂僵持着,不料孩子又一次跑出了卧室。孩子喊着奶奶,哭声更加凄厉和嘹亮。

男人不得不用力丢开女人。出卧室,男人看到,这次孩子没有站在阳台上,孩子却在客厅一角,她抱着话机胡乱地拨着号码。奶奶,奶奶快回来。孩子哭着喊道。

男人抱起孩子,卧室里却传来了玻璃的破碎声。男人跑回卧室,却看到穿衣镜被砸得粉碎。女人的手也被玻璃划了一道口子,鲜血直流。男人把孩子放了下来,告诉孩子不要过去。他走上前去,却不敢有任何举动,他打算让女人发泄够。

看到血,孩子尖叫了,她哭着跑了出去。待男人回过神来时,男人听到,大门被砰的一声打开了,他本以为是孩子的奶奶回来了,但片刻之后他听到孩子的哭声已经到了家门外。

男人慌了,他迅速跑出去,发现孩子并没走远。这次,孩子赤着双脚,一只小手上正拿着鞋努力地敲打着邻居的门,边敲边哭喊着,叔叔开门,我爸爸妈妈打架,快来帮帮忙。

男人再一次把孩子抱了起来。宝贝,爸爸妈妈不打了,不打了好吗? 他关上门,抱着孩子回到卧室。此时,女人正举着一个花瓶猛地扔到地上。玻璃破碎的声音让孩子的身体跟着抖了一下,她再次发出锐利的尖叫。

你疯了,不计后果不顾一切? 男人本已经平息的愤怒又一次被点燃。他把孩子放在了卧室门背后说,宝贝别哭了,我必须按住你妈妈,不然家里的东西都会被砸光。说完,男人转身冲上前,牢牢抓住女人的手,任女人挣扎、翻滚,屋里狼藉一片。

过了好一阵,女人似乎有些累了,她愤怒地看着男人,任男人按住双手不再动弹。男人和女人大口喘着气,就在这时,男人感到了一丝异样,他扭头看了看卧室门背后,孩子早已没在那里。而此时,整个家里除了他们俩的喘气声,再无其他声音,刚刚刺耳的哭喊声断崖式地消失了。

男人一个激灵,丢开女人说,孩子呢? 孩子呢?

女人环顾了一下,迅速坐起身来。她和男人不约而同地冲出卧室,他们大声喊着孩子的名字,却没有任何回应。大门紧闭着,客厅里没有,阳台上没有,书房里没有,次卧里也没有……

厨房! 夫妻俩一起来到厨房门口,却再也迈不开步子了。

厨房里,这个年仅四岁的孩子此刻正双膝跪地,她小小的身躯完完全全匍匐在地上,双手向前额头紧贴着地面。仅仅片刻之后她又缓缓直起身子,再次匍匐下去。她闭着带有泪痕的双眼,口口念念有词，极力模仿着奶奶平日里拜佛时的那份虔诚。

在孩子的上方，一尊佛像竖着掌，正笑眯眯地看着眼前的一切。

像谩骂一样临别

我从救护车上跳下来的时候，现场围观的人群立刻让出一条道来。虽然天色已经有些晚了，但我却清楚地看到，一辆运渣土的大货车车轮下，正压着一个男人。车轮不偏不倚正好将他的腹部全部轧住，男人的上身和双腿被车轮完全隔离开。在货车旁边，躺着一辆已经严重变形的两轮摩托车，摩托车的零部件散落一地，还有几块破布和一只鞋。

快想想办法，他还活着！没等我走近，一个交警焦急地对我说。

我点点头，迅速走到男人跟前，职业性地蹲下身子，然后开始查看他的伤势。这是一个十分消瘦的男人，身体在大货车轮胎下显得十分单薄。脸上和头发上都布满灰尘。他安静地躺着，用一只手紧紧捂着胸口，眼睛直直地盯着他身上的货车。

他的伤实在是太严重了，我看到，车轮已经将他的身体从腹部几乎完全轧断，臀部以下的部分和身体已经分开。虽然看不到车轮下面的情况，但我判断车轮下一定压着他的内脏。他的周围，流血并不多，这说明，体腔内的血暂时被车轮压住。根据我多年的经验,这种情况,一旦移开车轮,他会立刻死去。

按照常规,我给男人接上了氧气袋。然后开始检测他的心跳和血压,但当我试图拿开他放在胸前的手时,却怎么也拿不动。他用了很大的力气捂住胸口。

我看了他一眼说,你现在需要及时救治,一定要配合。

但他纹丝不动。

这时,现场负责的交警把我叫到一旁,向我询问伤者的情况。我如实告诉交警说,伤势很严重,一旦移开车轮,大量积血喷发,他会立刻丧命。重要的是他现在不配合。说着我看了一眼他放在胸口的手。

一定要尽力救他。交警对我说。然后交警和我一道走到男人身旁,再次试图拿开男人放在胸口的手。但是男人依旧紧紧捂着。

是不是有什么贵重的东西在里面。交警说,兄弟,如果有什么贵重的东西,你交给我吧,我一定替你保管好。

片刻之后,男人把手缓缓抬起。我赶紧将仪器接到男人的胸口。这时我发现男人胸口的衣袋里,有一个硬邦邦的东西。我将它掏出来,递给交警。

那其实是一个折叠整齐的塑料袋子。交警将它层层打开,里面有一沓钞票,百元、十元面额大小不等,钞票的中间夹着一张照片。我隐约看到,照片上有一个身材微胖、表情木讷的女人,女人还抱着一个五六岁的孩子。

交警说,你放心吧,照片和钱我暂时替你收着,等把你救出来就给你送过来。

不用了。这时,男人突然用微弱的声音说,不用。

我赶紧提醒男人,不要说话,你现在需要保存体力。

没有用了，我知道活不了。男人继续用微弱的声音说，求你们帮我一个忙，照片的背面有个号码。帮我拨个电话。

交警拿出照片，果然后面有一个号码。交警用自己的手机拨了过去，再将手机送到男人嘴前。

片刻之后，男人提高音量说了，喂，是我，赵三。

接着隐约能听到电话里不断有女人说话。

此后，男人却沉默了。男人慢慢将目光从手机前移开，又直直地盯着身上的大卡车。接着他闭上了眼睛，渐渐地，有大滴大滴的眼泪从男人的眼角淌出，伴随着他脸上的尘土一起不断滚落。但他一言不发，如果不是他眼角的泪水，我甚至怀疑他睡过去了。一分钟、两分钟、五分钟……

忽然，男人猛地用双手撑起了自己的身子，没等我们反应过来，他几乎从喉咙里吼出一句话来：杨金芳，我实话告诉你，我在城里有人了，你就在村里偷个汉子过吧，永远别想找到我！

那一刻，鲜血从车轮底下喷薄而出，男人的身体轰然倒下，一个微笑却缓缓定格在他的脸上。

无花果

男人站在路边，心莫名其妙地疼了一下。

这是一条刚刚硬化不久的乡村公路。男人上一次回村里，这条路还泥泞不堪，现在这条路已经变得笔直平坦，黝黑的沥青路面上铺满清晨的阳光。男人的目光，就被这条路上越来越远的几个小黑点拉得生疼。

这个早上，男人亲手给小花扎上了辫子，又帮小花背上书包，他还抱了小花一把。男人本想把小花一直送到学校，但小花拒绝了。小花说，今天学校有活动，同学们说好了一起走。这次回来，男人明显感觉到小花变了，变得成熟懂事。可越是这样，男人越觉得心里不好受。小花和其他几个孩子相遇之后，他就站在路边，静静地看着他们，直到看不见。

就在这时，传来哐当一声响。男人扭头，看见不远处一辆银白色的轿车停了下来。轿车撞到了公路旁的一株树上，两根较大的树枝被生生折断。男人立刻愤怒了，我的树！

那是他和小花的妈妈一起栽的几株无花果树。栽下的时候树还是幼苗，小花也还没有出生。当时村里人不知道什么是无花果，他还骄傲地告诉过大家，这种树不开花，直接结果。现在这几株树已经枝繁叶茂了，小花也上小学了。

男人跑上前，车门正好打开，下来了一个30岁左右的女人。女人穿着高跟鞋，短裙，修长的身体上披着件披肩，头顶还套着一副墨镜。下车后，女人围着车仔细察看了一番之后说，还好，没事，然后折身回到车上。

怎么会没事呢？男人拉住了车门把手说，我的树怎么办？

女人似乎才注意到男人的存在，女人笑了笑说，你的树？

男人说，当然是我的树。女人重新下了车，走到折断的树枝前看了看说，这无花果快熟了，第二季了吧？

男人说，你把树枝撞断了，它还能熟？

女人笑了笑说，我赔你好了，多少钱？

男人说,我不要钱,你把树枝给我长回去。

树枝已经断了,怎么能长回去? 女人抬手看了看手表说,你说说吧,要多少钱?

我说了我不要钱! 男人提高音量,他脸上的肌肉也随之跳动了一下。

女人尴尬地笑了一下说,不要钱也行,树枝我是不能给你长回去了,不过,我倒能使断掉的树枝活下来。

你能让断掉的树枝活下来? 男人说,你就吹吧!

我读书的时候,学的就是植物方面的专业。要让无花果活下来很简单,插在旁边地上就可以了。女人说,不信你可以试试?

谁信呢? 男人说,骗鬼去吧。

我知道你不会信,这样好了,我可以给你一些押金,如果插下的树枝活了,你就把押金还我。如果活不了,我就用押金赔你如何? 女人又说。

男人看着女人,想了想说,也行,那你就交 2000 块吧。

女人愣了一下说,什么,2000 块?

男人说,我说了我不要你的钱,我要我的树枝。

女人又抬手看了看手表说,我可以给你 2000 块。但我现在没那么多现金,而且我要赶时间。你待会儿到你们村小学来找我,我想办法付现金给你。

万一你跑了呢,我找谁去? 男人说

女人看着男人,想了想说,这样吧,我留一个包给你,里面没有钱,但却装着我的一些重要证件。有了这些证件,我也跑不了。你不来找我,拿着这些证件也没有什么用。

说完,女人就拿出一个小包,递给了男人。

男人并没有接，女人却把包塞到他的手上。就这么定了，女人说，我真的赶时间。说完女人就上车，迅速启动。

你去村小学做什么？男人对着车喊。但女人没回答，留给男人的，是两朵鲜花一样的尾灯。

男人看了看时间，最终还是去了村小学，在校门口，男人看到了女人的车。男人走进学校，看见女人正站在操场中间，一大群孩子围着她。女人已经换上了平跟鞋，头上的墨镜不见了，披肩也系在了腰上。随着音乐声响起，女人翩翩起舞，女人像一只蝴蝶，时而轻快，时而缓慢，跌宕起伏，身体灵活而优美。女人全神贯注，每一个动作都一丝不苟。而她那些孩子们，就像小蜜蜂一样萦绕在她周围，忸怩地学着她的动作。一边跳舞，孩子们还发出咯咯的笑声。

这时男人发现有人扯他的衣角。他低头，看见小花正睁大眼睛望着他。男人连忙蹲下身子问小花，知道跳舞的阿姨是谁吗？

小花说，那是苏妈妈。

男人说，她认识你吗？

小花说，认识啊，苏妈妈每周都会来，她不仅给我们带好吃的，还教我们唱歌和跳舞。苏妈妈说，我们许多同学的爸爸妈妈都不在身边，她就是我们的妈妈。

男人缓缓起身，仰头望了望天。半晌之后，男人拍了拍小花的头说，帮爸爸一个忙好吗？小花点了点头。

女人跳完舞之后，看见小花正拿着包站在她面前。小花把包递给了她，小花说，我爸爸叫我给你的。他让我告诉你，他已经把那两根无花果的树枝插好了，他说他相信你。

女人接过包，脸上顿时扬起了笑容。女人说，谢谢你，也谢谢你爸爸。

小花又说，我告诉你个秘密，我的小名就叫无花果。

女人一惊，为什么叫这个名字呢？

小花说，因为我出生以后妈妈就走了，爸爸说妈妈再也不会回来了，我就是她留下来的果实。

你爸爸现在哪里？女人的声音有些变调。

小花低下头说，走了，他今天又要去上海打工。

女人就把小花揽在了自己怀里。

乡村拾荒者

莫小桑所在的那个村庄，叫葛村，我曾戏谑为八省婆娘的村庄。之所以这么叫，并非村里女人多，倒是因为村里的外地女人不少。这并不奇怪，这个原生态的村庄和西部地区许多村庄一样，依靠劳务收入作为主要来源。春暖花开的季节，村里的男性从水陆空三个途径一路南下，蒲公英般落到那些城市的建筑工地、娱乐场所或者垃圾桶前。雪花飘盈的时候，男人们纷纷归巢，带回来的除了钞票和一年的疲惫，还有操着不同口音的外地婆娘。这些不同口音的婆娘，像一个个城市的符号，有意无意地反衬着男人们的去向和收获。只是，回到村里，给男人们生下孩子之后，新的一年，她们也将和男人们一道去南方。

现在，我们说说这个村庄里这个叫莫小桑的孩子。他八九岁光景,也就是读小学二年级的年龄。瘦,平头,双眼皮。

　　见到莫小桑的时候,是个春天的周末。每年春天桃花盛开的时候,都会有许多人去葛村。葛村离城并不太远,但风景却很好,不但鸟语花香,还颇具闲云野鹤般的田园志趣,自然也就是城里人郊游的好去处。这个季节去葛村,如果不早起,几乎很难找到一块属于自己的草坪或者石头,太多的人早早地就占领了好的地理位置。来这里郊游的人们,都是自带熟食,用塑料袋装好,然后一边找到位置晒太阳、打扑克,一边吃东西。

　　在庞大的郊游人群里,莫小桑的身影显得格外异样和显眼。我看到莫小桑时,他正俯身将一个白色的塑料袋捡起,然后放进他随身携带的大口袋里面。单薄的外衣和充满怯意的眼神,让他矮小的个子显得更加消瘦。莫小桑远远地从一块草坪的那头走过来,沿途几个城里孩子正在父母的陪同下放飞一只风筝,莫小桑眯着眼,抬头望着那只风筝,一动也不动。片刻之后,莫小桑抬起步子,径直来到我的面前。

　　当时我正将一个刚刚吃完食品的塑料袋放在地上,却被莫小桑一把捡起。叔叔,垃圾不能扔这里,莫小桑对我说。

　　我一阵脸红,慌忙解释道,我是将垃圾统一放这里,等会儿我会集中带走的。

　　不用带走,给我好了。莫小桑说,别看这些垃圾袋,对我可是宝贝呢。

　　我看了看莫小桑,他双眼皮下的眼睛大而有神,只是衣服的扣子明显扣错了位,看起来很别扭。我拿起一块饼干递给他说,好孩子,你很棒,这里许多人都要向你学习。莫小桑连忙摆手说,我妈妈说过,不能吃别人的东西,我就是学妈妈一样捡捡垃圾,其他的不要。

我摸了摸莫小桑的头，说，你很听话，妈妈一定很喜欢你。

莫小桑抬头望了望我，目光随即又转向远方，然后说，叔叔，等会儿有垃圾别扔了，我来捡。说完，就大步往前走开。

其实，以后我们要少来村里，免得给你们带来污染。我反思道。

不，你们一定要来。莫小桑赶紧说。

哦？我觉得这小孩子挺有意思。我问，你叫什么名字？

他继续往前走，并没回头，说，莫小桑。

此时已经临近中午，大量的垃圾袋被抛在一边，莫小桑勤快地捡着，他手上的袋子很快就鼓了起来。看着莫小桑忙碌的身影和那些快活的人们，我心里总有种说不出来的感受，怪怪的，酸酸的。

下午，太阳逐渐偏西的时候，郊游的人们开始返回。仿佛就是短短的几分钟，先前人满为患的草地上已经空空如也，人们消失了，所幸的是，草地上和那些石头上，没有任何垃圾。这让我很自然地想起了莫小桑，这个不断捡着垃圾的孩子。如果没有他，可能这片草地上，到处都应该是垃圾吧。

我沿着草坪，一步一步向村庄里面走去。我希望自己能看到莫小桑。乡村的小路平坦而幽静，道路两旁，新修的房屋都十分漂亮，但是房屋的大门，几乎都是紧锁着，门前的坝子里，却长满半人高的野草。

不断往前走，我却意外发现，村里的环境卫生竟与先前的草坪形成了鲜明的对比，道路的两旁，白色的垃圾袋遍地都是，越往前走情况越来越严重。这么多的垃圾，却没有更多的莫小桑去捡。我隐隐感觉到,此时莫小桑肯定就在附近,他不会对这些垃圾无动于衷。

再往前走,我远远地看见了一个人影。那人正提着大袋子,弯着腰在路旁捣弄。我仔细看,那小小的身影,正是莫小桑。我忽然觉得,莫小桑这个小男孩挺不容易。

我慢慢走近他,但意想不到的事情发生了。我发现,此时莫小桑并不是在捡垃圾,而是将先前捡到口袋里的垃圾一一倒出来,然后沿着道路旁边不断铺洒。那些白色的塑料袋和快餐盒,琳琅满目,逐渐形成一条白色的污染带。莫小桑一边铺洒,脸上露出了微笑,似乎很快乐,完全没注意到我的到来。

你在干什么?我生气地喊道,先前对莫小桑的好感,瞬间消失殆尽。

被我发现,莫小桑立刻胆怯地站到路上,垃圾袋被丢到一边,他双手开始在胸前不停地绞着,低头不敢看我。

你刚才那么辛苦地捡垃圾,就是为了故意将它们倒在路边?我实在不明白这个小孩怪异的做法。

莫小桑看了看我,又低下了头,然后嗫嚅道,我,我想妈妈了。

乱扔垃圾和你想妈妈有什么关系吗?我感到莫名其妙。

莫小桑看了看我,突然终于鼓起勇气,用不服气的口吻大声对我说,我就是想把垃圾扔得到处都是,就是想。

你怎么能这样呢?我想说莫小桑你真是个犟孩子,我还想说你们老师没教你爱卫生吗?我想狠狠地批评他一顿。

可没等我说完,莫小桑却抢过了话头,用幽幽的眼神看着我说,如果妈妈看到村里有这么多垃圾,还用得着到外地去捡吗?那么家里就不会只剩我和奶奶两个人了!说完,莫小桑哇的一声大哭起来。

我愕然，不知所措。

移　栽

常大年的办公室里放着一盆盆栽，那是一株常绿植物，植株矮小，模样普通。常大年却异常珍惜，专程配了一个紫砂小盆，且天天施肥浇水，一有空还端着这株植物仔细欣赏。但盆中的植物似乎并不领情，叶子一直泛黄，尤其是最近，耷拉着枝叶一副有气没力的样子，宛若一个风烛残年的老人。

常大年为此忧心忡忡，特意到农业局去请教植物专家老严。老严一看这植物，当即扑哧一笑，说这么个破玩意儿你还当宝贝疙瘩，我建议你扔了算了。

常大年说，怎么能扔？这盆栽意义重大。我专程来找你，就是要救活它。你说说，有什么办法？

到底有什么意义，说了我就给你支招。老严说。

常大年看着盆栽，叹了口气，就给老严讲起了它的来历。

两年前，常大年受报社安排，到北部山区采访。那里海拔较高，土地贫瘠，所以劳动力大多外出务工，家里留的都是些老人和小孩。在采访途中，常大年就遇到了一个叫小光的小男孩，当时小光只有 10 岁，读小学四年级。小光非常懂事，除了读书以外，还要照顾生病的爷爷奶奶。更重要的是，从出生以来小光一直没见过自己的父母。这让常大年十分震惊。

常大年问小光，最大的愿望是什么，小光说就是能和爸爸妈妈一起过一次年。常大年被小光感动了，专门以小光为主角策划了一期节目，千方百计地找到了小光的父母，让他们一家人在镜头下相聚。当看到这家人阔别 10 年后温馨相聚的场面，常大年再次被感动了，于是在他的策划和安排下，动用各种力量，让小光的父母在家乡的镇上找了一份不错的工作，并把小光接到了镇上读书，这一家人从此不用再分开。

记得常大年离开北部山区的时候，小光和他爸爸妈妈来送常大年。常大年问小光，你高兴么？小光点着头说高兴。常大年又问小光的爸爸，你们高兴么？小光爸爸说，高兴，为了孩子，我们今后做什么都愿意，我们十分感谢你。后来小光的爸爸非要送常大年一些土特产，常大年拒绝了，却自己挑了一株山上的植物，就是现在这盆盆栽。

常大年说，让他们一家人团聚，是我最为自豪的一件事情，每次看到这株植物，都能让我倍感荣耀。你说，这株植物意义重大不？

老严说，重大，相当重大。不过，你要真心救这株植物，还得去趟当初挖它的地方。这玩意儿怪，不单是施肥和浇水那么简单，而是需要适应它的土壤，最好的办法，就是在盆子里装上它生长地的土。

常大年说，我能让一家人团聚，也就能让一盆盆栽活过来，不就是原来的土壤么，这有何难？

从老严那里回来，常大年立即带着那盆盆栽直奔北部山区。

车行两个多小时，终于到了小光读书的小镇，常大年放慢了车速。他想，既然因这盆盆栽而来，他必须去找找小光。

常大年凭着记忆，找到了当初给小光父母介绍工作的工厂。但厂区负责人告诉常大年，在电视新闻播出后不久，小光的父母就离开了工厂。

又出去打工了么？常大年不无担忧地问。

那倒没有，好像他们自己开了个小超市，就在学校旁边，你去找找吧。

常大年顿时舒了口气，连忙驱车去到镇上的学校。在学校门口，很快就发现了一个小超市，在里面的正是小光的妈妈。

小光的妈妈一眼就认出了常大年，连忙让出一条凳子给常大年坐。常记者，真是谢谢你了，要不是你帮忙，我们还在外面漂泊呢！

常大年连忙说不客气。小超市生意不错，不断有人来买东西，常大年一边打量着超市一边问，你们都还好吧？

都好着呢！小光妈说，自从电视台报道我们以后，不少好心人帮助我们，包括这个超市，也是好心人帮忙才开的。现在我们才意识到，孩子的未来多么重要，真得谢谢您。说着，小光妈给常大年递了瓶水，非得要常大年喝。

常大年不好意思地收下说，你们能这样看待孩子，我真的很欣慰。

小光妈说，这是我们该做的，我和他爸就是读书太少了，只能出去打工，可孩子不能再走我们当初一样的路。说到这里，小光妈顿了一下又说，只是这孩子不懂事，成绩也不咋样，很伤脑筋。

常大年说，孩子小，不着急。对了，小光他人呢？

小光妈抬头看了看墙上的钟说，他爸陪他去补习班了，这个点应该快回来了。

补习班？常大年当即一愣。

我们这么多年没管他，他基础太差，不补习不行啊，马上读初中了，不补怎么能跟上？

恰在这时，常大年看见小光耷拉着脑袋和他爸爸一前一后走了过来。两年不见，小光已经长成半大小伙子了，高高的个子，反倒让他爸爸显得矮小了许多。

小光。常大年喊了声。

小光抬起头，眯了一下眼睛。小光爸爸瞪了他一眼说，叫人啊。小光才喊了一声常叔叔。

常大年心里一颤，但脸上还是热情地笑了。小光，今天常叔叔可是来找你帮忙来了。

小光愣了愣，看了一眼他爸爸问，什么忙？

常大年连忙端出自己的盆栽说，你还记得这个吗？我需要挖一点它生长地的土，你给我带带路？

小光瞥了一眼盆栽，扭头盯着常大年说，要我帮忙可以，不过你得答应我一个条件。

什么条件？常大年有些意外。

小光又看了一眼他爸爸，趁他不注意才把常大年拉到了一边，然后小声说，你走的时候我搭个顺风车呗。

去哪？常大年不解。

我想去城里打工！越远越好！小光乜斜了一眼小超市，一字一句地说。

小光话音未落，常大年手中的盆栽却咣当一声落到地上，顿时粉碎。

一块红布

起风了。

小伙抬头望了一眼天空,一团乌云正缓缓靠近,太阳的脸渐渐阴沉下来。小伙加快了步伐,两条修长的腿轻快地在地面上叩击,沿途的柳树,房屋,汽车,纷纷被小伙抛在了身后。

小伙穿过一条青石板地面的小巷,在巷子尽头的大杨树下,小伙双手叉腰,一边努力掩盖自己的喘息声一边喊道:红儿,红儿。

小伙的嗓音穿过杨树的树梢,飞向树下三间平房的大门口。一条小花狗翻滚着扑倒在小伙脚下,一边欢快地摇着尾巴一边用嘴撕扯小伙的裤腿。小伙摸了摸小狗的头,继续喊着,红儿,红儿。

风掠过树梢,杨树上开始哗哗作响。小伙看见,杨树的枝上,挂满了五颜六色的布,绿色的、黄色的、红色的,整块整块的布,像穿在飞天仙子身上的彩缎。

小伙笑了笑说,我知道你在生我的气,我手机没话费了,这不一放假,我就赶过来了。

小伙蹲下身子,拍了拍小狗的头说,去,把她给我推出来。小狗呜呜两声,迅速跑了进去。

片刻,又一阵风吹了过来。小伙狡黠地笑了一下说,起大风了,你就不怕风把布刮跑了么?

这时门咯吱一声,一辆轮椅出现在门口。轮椅上的姑娘黑发如瀑布,她低着头,双手缓缓转动着轮椅。

小伙赶紧上前,推着轮椅后面的扶手。姑娘转过身,眨了眨葡萄一样的眼睛,然后用力地将小伙的手从扶手上甩开。

这是怎么了?小伙赶紧绕到姑娘身前,半蹲下身子,望着姑娘略显苍白的脸。

姑娘别过脸,不看他。

小伙慌忙取下背包,一阵倒腾之后,取出一块巧克力说,这是专门给你买的,算我赔个不是。

姑娘却把脸别得更远了,轮椅也跟着转动起来。小伙起身去看姑娘的脸,他顿时愣住了。

哭了?怎么了红儿?谁欺负你了?小伙手足无措。

姑娘啜泣着,轻声说,你走吧,不要来了。

为什么啊?小伙抓了抓自己的头发说,都怪我的破手机,我真不是故意不联系你的。

姑娘抬起手拭了一下眼睛说,不是这样,是我们真的不合适。

小伙重新蹲下身子说,又来了,又听谁说了什么不是?小伙说,这样的话,你早点给我起来,轮椅让给我。

胡说什么啊?姑娘连忙打断小伙的话。

哎哟,小伙又狡黠地眨了一下眼睛,佯装痛苦地蹲下身子。

姑娘迅速用双手撑起身子,差点从轮椅上站了起来。怎么了?

小伙指了指心口说,这里,这里让人给弄疼了。

姑娘破涕为笑,露出一口洁白的牙齿。一边抡起手频繁地捶打着小伙,一边说,你真逗。

小伙捉住姑娘的手说,又帮你妈妈染布了吧,你看指甲上还有染料。

姑娘抬手指了指杨树上的布匹说,那些,都是我染的。我希望这些布将来能做一些花花绿绿的裙子,穿在一些漂亮的女孩身上。姑娘说着,把一只手搭在额头前,半眯着眼睛定格在那些布匹上。

小伙也顺着姑娘的目光看去,又一阵风正吹过来。杨树上的那些布变成了钟摆,来回舞动。

快下雨了,得把这些布收下来。小伙说着,转身向杨树跑去,准备爬上树。

姑娘咯咯地笑了,说,是要收下来,但不用爬树。树旁边有根竹竿,一块一块挑下来就是了。

小伙甩了个响指,很快就找到那根竹竿。小伙仰着头,那根竹竿就绑着姑娘的目光在树枝上轻轻挑动。第一块挑下来的布是绿色的,小伙把它小心地收下来,叠好,交给姑娘。第二块是蓝色的,第三块是黄色的。不一会儿,姑娘的腿上就叠了厚厚的一叠布。

最后,树枝上只留下一块红布。小伙抖动着竹竿说,太高了,不好挑。

姑娘仰望着,用一只手把轮椅往前划了一段路说,要不,你站到轮椅上?

那可不行,我怕伤着你,我自有办法。说着小伙踮起脚尖,轻轻一跳,那块红布总算被挑动了。随着小伙的手不断摆动,红布就在竹竿的尖上跳舞,时上时下,时左时右,忽然,小伙手中的竹竿微微抖动了一下，红布在空中悄然滑落。那块布不偏不倚，正好向姑娘头上落去。

姑娘的眼前立刻就红艳艳的一片了。

姑娘静静地坐着，她挺直了身子，明显感觉到小伙就站在自己的跟前，她听得见小伙的呼吸声，听得见他怦怦的心跳声。若不是有风在吹，不是身边的小狗在翻滚着身子，姑娘甚至怀疑世界静止了。姑娘就闭上了双眼，静静地等候着。

此刻小伙也静若雕塑，他静静地看着红布里的姑娘，同样纹丝不动。

又一阵风吹来，姑娘睁开了眼，发现红布依旧罩在自己头上。

为什么不把我头上的红布拿开？姑娘小声地问。

我舍不得，小伙说，现在你多像……

那，就不要拿开。姑娘哽咽了，她慌忙腾出一只手来抹了一下异样的鼻子，一抹红色就流淌在了手上，醒目的红色宛若红布。

遍地月光

小姨在床上翻了一下身，又翻了一下身，多多就醒了。

自从小姨放假回来，每天晚上多多就撇开了外婆，非要和小姨睡。多多喜欢枕着小姨的臂弯，闻小姨身上的味道。那种香香的味道，总让多多觉得是妈妈的味道。只要小姨揽着多多，再拍拍多多的背，多多很快就能入睡。

现在多多睁开了眼，屋里的光线很暗，只能隐约看到小姨的背。小姨侧躺着，又忽然翻身过来，黑色的头发带着芳香落到了多多的脸上。多多微微眯了一下眼睛。

此时，远处传来一阵悠扬的笛声。笛声像纷飞的雪花，在空中飘散、起伏、坠落。

小姨长长地叹了口气，然后把双手放在了耳朵上。

多多自然熟悉这笛声，吹笛的，是村小学的薛老师。多多还不到一岁的时候，薛老师就来到了这里。薛老师高高的个子，戴着一副厚厚的眼镜，除了上课，他很少和人讲话，人多的时候他说话会脸红。但薛老师喜欢吹笛子，放学以后，或是夜深的时候，薛老师就会拿出笛子吹上几曲。他总深吸一口气，然后闭上眼睛，任修长的手指在那几个笛孔间起伏变幻，随之而来的笛声低沉且缓慢，就如一双深情的大手，渐渐地就把整个村庄拥在怀里了。

有人曾经找到过薛老师，问你能不能吹点其他的？薛老师总是笑笑，不说话。也有人说薛老师这是想家了，要不给你介绍个媳妇儿？薛老师仍然是笑笑，不说话。一晃，多多都快上小学了，薛老师却似乎从未离开过，不论寒暑假都留在学校里。

小姨今年读大三了，每次放假回来，多多都会要小姨带他去村小学玩。但外婆总是不让，外婆把眼睛一瞪说，多多，你过两年就要读书了，还怕不能去学校玩？多多这时候就拿出撒手锏，立马哭着找外婆要妈妈。以前外婆最怕多多要妈妈了，只要多多一要，外婆就心软。可这件事情外婆却总不同意，外婆说，有姓薛的在，你妈妈就不会回来。外婆又指了指小姨说，你，别学你姐！

笛声依旧如流水般缓缓漂来，小姨又翻了一下身子，接着坐了起来。小姨用一只手托住腮，垂落的头发遮住了一侧，饱满的身体像秋天的玉米棒子。

小姨。多多忍不住叫了一声。

嘘！小姨侧身过来，赶紧做了个手势，低声地说，多多，你醒了？

多多说，你为什么不睡啊？

小姨把头发往后捋了一下，依旧低声说，我在给多多打妖怪呢。

哪里有妖怪，你骗人。

小姨把手伸向空中说，你看，这外面漆黑一片，什么都看不见是不是？妖怪最喜欢黑夜，一到了这种漆黑的夜晚，它们就会悄悄躲在窗户外面，谁要是发出声音被它们听到了，它们立刻就会飞进来吃了谁！

多多禁不住一阵哆嗦。这么可怕，要是外面有月光呢？

有月光妖怪就被赶跑了，它们怕光。小姨说。

我怎么以前没听说过？

那是外婆不敢告诉你。小姨说，对了，我们千万不能让外婆听见，不然外婆醒了，一出声也会被妖怪盯上。多多是男子汉，应该保护外婆对不对？

多多说对，我要保护你和外婆。

小姨就吃吃地笑了一下，小姨说，你不说话乖乖睡觉，妖怪听不到，就不会进来，这才是保护。

可是怎样才能赶走妖怪呢？多多问。

小姨把手往耳朵上比画了一下说，你听，这笛声就是专门来赶妖怪的。除了光，妖怪还怕这种笛声，笛声一响它们就不敢动了。

小姨又嘘了一声,说快睡吧,多多。

多多说,我要你抱着我,我怕。

小姨就重新躺下来,把多多抱在怀里。小姨拍着多多的背,多多闻到了小姨身上香香的味道,他的鼻孔开始张大,渐渐地就进入了梦乡。

多多梦见戴眼镜的薛老师拿着一根长长的笛子在门口和一群妖怪打了起来,高高大大的妖怪凶猛极了,薛老师渐渐敌不过,妖怪把他打伤,然后迅速向多多和外婆扑过来。

不! 多多叫了一声,再次醒来。

多多用手摸了摸,这次,他发现小姨并不在床上。他轻轻叫了声小姨,也没听见回答。笛声已经停了,屋子里静得只听见自己的呼吸声。

多多就有些害怕了。他想大声叫唤,但又立刻忍住了,他怕妖怪进来。多多从床上爬起来,咬住牙在屋里摸索着,摸了几步,竟然来到了窗边。

多多的心跳就突突地加快了。他把小手放窗帘旁边,屏住呼吸,半天都不敢动。妖怪究竟是什么样子呢,我是男子汉,我要保护小姨和外婆才对。多多这么想着,就睁大眼睛小心地探出头,然后一丝丝,一点点挪动窗帘。就在这时,多多脚下一晃,猛然一下竟然将窗帘全部拉开。

多多看到,窗外,月光如水一样洒满整个村庄,远处的山,近处的树、菜地、水塘、草垛、栅栏、道路、屋顶,漫山遍野都是白晃晃的一片,一切宛若白天。只是,外面静悄悄的,没有一点声息。

多多这才舒了口气,哇的一声,放心地大哭起来。

在路上

　　叔叔站在一辆崭新的轿车面前。那是一辆相对低端的国产车，价格便宜，做工粗劣。叔叔向他招招手，示意他过来。

　　他心中顿时有些不悦。虽然刚进公司，但公司毕竟是叔叔的，不出意外，他会在叔叔的手中成长、强大、超越，最后一路阳光。此前，他猜到叔叔可能会送他一辆车，只是没想到会是如此普通如此低端的一辆车。

　　他走近，叔叔拍拍他的肩膀说，交给你一个任务。说着叔叔一把拉开车门，然后取出一只断掉的车把手说，你去做个调查，分时间段倒查这个把手的各个构件的出处，一直查到源头，一个星期后把报告交我。说完，叔叔转身离开。

　　他看着那辆车和那只把手，愣了。

　　尽管诸多不解，但是一个星期后，他还是拿着那只把手出现在了叔叔的办公室。

　　他微微一笑，说，这只把手由两部分构成，一部分是塑料，另一部分是铁。一个星期前，它们才装到了这辆车上。一个月前，它们则由浙江一家公司生产出来。就在这家浙江公司，两个月前，塑料还是塑料，铁还是铁。而三个月前，塑料部分在广东的一家塑料厂的生产车间里，当时它由 60% 的松脂和 40% 的化合物混合搅拌。同时铁杆部分正在西南一家钢铁公司的炼锅炉里沸腾。再回到半年前,塑料里那 60％ 的松脂正在南方一个小村庄的一片松林里,几根大的松树刚刚被砍下。很巧的是,那家钢铁公司里的铁水,半年前还是一堆矿山,而矿石刚刚从西南一家铁矿里挖出来。再往前调查的话,就是那几根松树的栽种时期和矿石的开采时期了。

调查得很仔细。叔叔笑了笑说,那么出现断裂的根源在哪里?

我想,问题出在铁矿石冶炼环节,铁杆的质量肯定未达标。他说。

叔叔点了点头,这个环节很重要。

我不明白这个调查与我们有什么关系。他又说。

叔叔并不回答,却突然问他,你是不是想要辆车?

他一惊,赶紧说,我哪里买得起。

叔叔说,不必拘泥。说吧,想要奔驰还是宝马?

他想了想说,我喜欢宝马,比较适合男人,最好是 7 系,宽敞,舒适度高。

叔叔点头说,我知道了。对了,你对房子有什么要求?想要什么样的房子?

我想要套一般的花园房就可以了,四室的,有独立的书房,卧室一定要大,足够大。要有漂亮的景观阳台,上面种满花草。小区环境一定要好点,不要太吵,绿化一定要达标,有游泳馆,购物出行要方便。他把自己理想中的房屋描述了出来。

很好,很有格调。叔叔肯定道。那么,你对自己的另一半有什么要求?

他犹豫了一下,才说,学历不要比我低,年龄至少要比我小 5

岁,身高165cm以上,漂亮点,我喜欢白皮肤的女孩子,要对我好对我父母好,职业最好是银行职员或者教师,对了,家庭条件最好要好一点。

我明白了,叔叔说,你这些要求都不算高,都可以实现,这一切已经在路上了。

是吗,他喜出望外,连声说谢谢叔叔。

谢我干什么?我想你没明白我的意思。

他不解,看着叔叔。只见叔叔缓缓起身,在宽敞的办公室里走了一圈才说,我是说每一个事物在成型之前,相应的物质若干年前就已经马不停蹄地赶在路上了,不过它们不能有任何差池任何懈怠,否则就难以完成,就算完成了也是劣质产品。

我还是不太明白您的意思!

叔叔说,不复杂。我举个例子。就拿你要的宝马7系来说,如果你五年后买到它,那么此刻,它应该在哪里呢?

他看着叔叔说,为什么是五年后?

叔叔愣愣地看着他,然后问,那么你确定是现在?

他不语。

叔叔笑了笑说,现在也行,那我现在就把这一切送给你。于是叔叔迅速回到座位上,从抽屉里拿出一包东西递给他说,都在这里面了。

他疑惑地打开,只见里面只有几粒种子、一张照片和一张校园卡。他拿出一粒种子,仔细打量。

叔叔再次起身,走到窗前,一边看着窗外一边说,那是橡胶树种子,它们正努力走在成为宝马车轮胎的路上。

他哑然失笑。随后取出那张照片,照片上只有一座杂草丛生的山。这是哪里？

那是矿山。叔叔说，山下全是铁矿和铝矿。它们正努力走在成为车身的路上。对了，山上的泥土正走在成为洋房建材的路上。

他苦笑了一下说，我明白了。这张中学校园卡是不是我未来妻子的？此刻她正走在成为我妻子的路上？

叔叔哈哈一声笑了，接着转过身来拍拍他的肩膀说，希望一直在路上，你拿到的仅仅是现实而已。10年后，公司会有一个新的董事长接任我，我多么希望，此刻他已经在路上了。说着，叔叔把一个东西塞到他手里，然后转身离开。

他抬起手里，发现拿在手里的，正是之前那只断掉的把手。

绝处相逢

一

小二郎十六岁这一年，接到了叔叔从北京打来的电话。

小二郎回家的时候，家里已经摆好了一桌子菜。父亲乔三坐在桌子旁，嘴里叼着一支烟，小二郎看到烟头如着火的引信一样迅速往上飘，连续喷出的烟让乔三的表情十分模糊。母亲秦怀芝坐在板凳上，一动不动地看着前方。

小二郎进屋，愣了一下说，吃饭吧。秦怀芝从板凳上弹了起来,又迅速坐下。乔三赶紧扔掉烟头,搓了搓手。

小二郎拿起筷子,给秦怀芝夹了块肉,又给乔三夹了块肉,就埋头吃饭。筷子不时碰到碗的边缘,发出清脆的声音。白花花的米粒流向小二郎嘴里,他迎接着、吞咽着,最后他抬起头,看到乔三和秦怀芝正一动不动地看着他。小二郎就努力地咽了口饭,用有些含混不清的声音说,我想好了,去!

乔三和秦怀芝立刻触电般同时起身,乔三眼里闪过一丝光亮,秦怀芝的眼泪却落了下来。

次日清晨,小二郎站在这个生活了16年的家门口,看着乔三和秦怀芝嘴里发出呜呜的声音向他挥手。小二郎努力地闭了下眼睛,猛然转身离开。

后面的呜呜声豁然变大。

到了北京,在叔叔的安排下,小二郎顺利地进了一家钢铁厂。然后,他用上了自己的正式名字:乔国然。三年后,乔国然被提拔为车间主任。八年后,业绩突出的车间主任乔国然被任命为钢铁厂副厂长。十二年后,乔国然副厂长因管理有方,当上了区国资委副主任。十八年后,区国资委主任乔国然被提名为副市长人选。

三十三年后的今天,副部级的乔国然同志坐在自己宽大的办公室里批文件的时候,秘书敲了敲门。乔国然点头,秘书快步走进办公室,将一份文件递到他面前,轻声说,乔部,这是去西南地区慰问的详细方案,请您过目。

乔国然翻了一下文件,说,那对哑巴夫妇的准确资料和住址是否核实清楚?

秘书说,已经核实多次,乔三和秦怀芝就住在那里。

乔国然不说话,挥了挥手,秘书立刻俯了俯身子,退出了办公室。

小二郎回家的时候,父亲乔三正在劈柴。乔三把斧头扬得很高,猛地一斧头下去,一道白光划过,柴块就挣扎着向两边跳开。母亲秦怀芝迅速将那些企图逃跑的柴块逮住,然后用力往上码。她的身旁,已经码出了好几个几乎和她身高相当的柴块堆。按照小二郎以往的经验,这些柴块堆已经足够烧完整个冬天了。但乔三似乎没有停歇的意思,依旧举起斧头往下劈。

小二郎走进来,乔三愣了一下。趁这个空当,小二郎一把夺过乔三手里的斧头,待乔三退开之后,小二郎往手心吐了口唾沫,随后斧头划出一道白光,地下的柴块就轻松劈开。再次举起斧头的时候,小二郎说,我已经给叔叔回信了,不去,我不能没有你们!

乔三突然就呜呜起来,小二郎却感到自己动弹不得,回头,秦怀芝从后面抱住了他,嘴里同样发出呜呜的声音。小二郎就笑了一下说,爸、妈,劈柴呢。

乔三和秦怀芝立马破涕为笑。

小二郎十八岁的时候,将村里王大脚的女儿王小丫娶回了家。新婚夜小二郎告诉王小丫,其实自己的真名字叫乔国然。五年后,当小女儿乔小桃出生两个小时后,乔国然被迫喊回工地干活,包工头告诉他不回去就结不了上个月工资。九年后的一天,乔小桃不小心点燃了柴火堆,虽然家里人都没事,但房子和家里的东西全部化为灰烬。当天夜里下起了大雨,乔国然站在山洞口,有雨水飘到了他的脸上。

十五年后,乔国然在医院里为母亲秦怀芝喂饭的时候,妻子王小丫推门而入,乔国然的手抖了一下,但王小丫依旧将一砸票据扔到了他面前,吼道,你自己去交,我没钱!我当初怎么就瞎了眼嫁给了你这么个窝囊废?

十八年后,乔国然用力捋了捋头发,敲开了住在城里的堂哥的门。在堂哥不假思索地关门拒绝之前,乔国然鼓起勇气说,哥,你就再帮帮我,小桃考上大学了,就差这点学费,将来我做牛做马一定报答你们。

二十五年后,乔国然和王小丫坐在屋里发呆。好半天王小丫猛然起身说,难道小桃说错了么?大桃出嫁你什么嫁妆都没有也就罢了,对小桃你还能这样?作为一个男人、一个父亲,你究竟能做什么、做了什么?乔国然不语,点了支烟转身出门。当天夜里,一身酒气的乔国然躺在村里的大树下一边看着满天的星星一边大声说,怪就怪老子当初傻,如果按照叔叔的安排去了北京,怎么会这样?

三十三年后的今天,乔国然将瘫痪的父亲乔三的一堆排泄物倒完之后,就准备上街买些冥币,明天是母亲秦怀芝的忌日。这时候村主任王大好骑着摩托来到了乔国然家门口。乔国然笑了笑说,是不是有王小丫的消息了?王大好并不下车,苦笑了一下说,你婆娘跑了这么多年,你还没死心啊?王大好又说,你准备下,据说明天北京有个大领导要来慰问贫困户,一般领导来慰问都会给钱,就便宜你小子了。

真的?乔国然赶紧对着王大好的摩托车屁股说,谢谢啊。

三

上午九点,贫困户乔国然把其父亲乔三的排泄物刚端出来,几辆乌亮乌亮的轿车就开到了他家门口。乔国然停住脚步,这时候村主任王大好吼了声,还不把狗屎盆子扔掉,北京的大领导来看你了,不晓得是哪辈子修来的福分。

乔国然赶紧将盆子放下,不知所措地站着,脸上努力地露出微笑。

这时一个年轻人快步上前拉开车门,车门口随即出现一双发亮的皮鞋,皮鞋载着一个穿着笔挺西服的中年男子稳稳地踩在地上。中年男子望了一眼四周,深深地呼吸了一下空气,闭上了眼睛。

部长,就是这家人。年轻人说。

我知道。中年人猛然睁开眼,快步走向面前正在衣服上擦手的同龄人。接着他伸出了白皙的手说,你好老乡,我叫乔国然。

那人犹豫了一下,终于将自己老茧斑驳的手颤抖着伸出来说,你好,我也叫乔国然。

四

两手相握,四目相对,那一瞬间,山非山、地非地、物非物、人非人,时光如影片一样飞速倒退,直到两个乔国然重合成一个十六岁的少年。

此刻,少年拿着话筒,看着眼前两个努力比画着手势的聋哑人静默不语。这时,话筒里传来一个不耐烦的声音:小二郎,你想好了吗?

心 债

富翁的心脏病是在一个莫名其妙的下午复发的。当时富翁正独自走在街上,他没有让秘书跟在身边,甚至没有告诉家人他去了哪里。当他默默地走在街头的时候,他感觉自己的心忽然痛了一下,接着富翁就昏倒了。

富翁昏倒以后,有很多人围到了他身边。这些人中有汽车司机,有公务员,甚至还有警察。这些人只是好奇地看着富翁,虽然不断有人问这个人怎么了,但没有人打算将他送进医院。

谁知道这个人是怎么回事,这年头还是少管闲事为好。有人说。

在看热闹的人群中,有一个小报记者。这个记者心情一直不好,一脸忧愁。记者看到有那么多人围在一起,以为自己终于遇到了什么新闻,于是凑了上去。但记者失望了。记者并不知道这个昏倒在地上的人就是富翁,看到他脸上痛苦的表情,忧郁的记者还是动了恻隐之心,于是他拦了辆出租车,把这个人送进了医院。

在医院里,富翁开始睁开眼睛。富翁的习惯,自己身上从不带现金,而秘书又不在身边,所以此刻富翁身上一分钱也没有。

医生对记者说,这个人是心脏病,得住院。但住院必须交1500元住院费。正好,记者刚领了工资,身上有1500元钱。但那是记者唯一的家当,记者摸出自己的钱,犹豫了一下,记者看了看富翁说,就当我把钱借给你好了,我很穷,到时候你一定还我。富翁此时虽然醒了,但还不能完全说话,富翁发现这个年轻人一脸的忧愁,看起来十分不快乐,但为了自己的身体,富翁对他点了点头。

记者就把那1500元钱交给了医院。为了保险起见,记者拿出笔记本写了张欠条让富翁签了字。同时记者还刻意把自己的联系方式留给了富翁,记者说,我是个穷人,没办法。

片刻之后,富翁的状态开始好起来。富翁很感激记者,富翁说,我给你一个电话号码,你去打个电话,告诉他们我在什么地方住院,他们会还你钱的。

记者很高兴,就拿着富翁给他的电话号码出去打电话。

约莫一个小时之后,富翁的秘书和妻子急匆匆地赶到了医院。但记者一直没有回来。秘书告诉富翁,有一个人给他打了电话,说富翁在医院里病了,还说富翁欠他钱。秘书说富翁不可能欠他钱,为此秘书说出了富翁的名字,并告诉他富翁是这个城市里最有钱的富翁。那个人听了以后很久没说话,接着就挂了电话。

富翁感到很奇怪,这个人不是急着要我还他钱吗?他怎么不回来了呢?于是富翁拿出记者留给他的联系方式,然后告诉秘书,联系他,把钱送过去还他。

秘书赶紧照办。秘书拨通了记者的电话,秘书说,我是富翁的秘书,我是来还你钱的。可是秘书话还没有说完,对方就挂了电话。

秘书很恼火。秘书把这一情况反馈给富翁,富翁就更奇怪了。富翁想起刚才记者还在他面前要他签了欠条，并强调必须还他的钱，说自己是个穷人。可现在突然发生这么大的变化呢？富翁想，不行，我必须把这钱还给他。在富翁看来，这1500元钱几乎不是钱，自己挣这点钱只需要几分钟而已。我堂堂一个富翁，怎么能欠一个穷记者的钱？

于是富翁又叫秘书，赶紧按照记者留下的地址，到邮局给记者汇了1500元钱过去。做完之后，富翁如释重负地想，这下可以放心了。但是富翁没想到，两天后，那张汇款又退了回来。退回来的理由是，查无此人。

富翁就更加纳闷了。富翁心里越来越不踏实。富翁为此吃不好睡不好。我必须找到他，必须把钱还给他，不然我的面子搁哪里去？富翁说。

于是富翁又亲自开着车，去了记者所在的报社。但是富翁再一次失望了。报社领导告诉富翁，几个小时前，记者请假离开了。领导多次打他的电话，都关了机。

富翁感到自己的心理压力越来越大。后来富翁想了多种办法花费了许多精力，都没有找到记者，当然，就更没有办法把钱还给记者。富翁为此十分失落，他经常感到自己的内心因为这件事变得空虚和恐慌，他总觉得自己还欠人家钱，而且是欠一个穷记者的钱，这在一个富翁的意识里是绝不允许的。

为了缓解自己的心理压力，富翁开始和以往一样，选择一个人外出漫步。不带秘书也不通知家人。

这天，富翁走在街头，被一阵爽朗的笑声吸引住。富翁寻声望去，看见几个年轻人围在一起开心地说笑，其中笑得最开心的那个人特别面熟。就是他，富翁突然发现，此时一脸阳光的年轻人就是先前那个忧郁的小记者。他正对着周围的人开心地大声说着什么。富翁很吃惊他的变化。

但富翁的心里立刻高兴了起来。他按捺不住激动，大步流星地走近他。就在快要接近那个年轻人的时候，富翁很清楚地听见了那个年轻人说的话。

哈哈，谁没有落魄的时候？这个城市里最有钱的富翁还欠我钱呢，你们不相信？看，我手里还有他签了字的欠条，来来来，你们都给我仔细看看。说话间，他扯出一张纸条在空中挥舞着。

富翁清楚地看见，那张纸条的确就是自己签过字的欠条。富翁的心立刻疼痛起来，接着，富翁看见天塌了下来。

亲吻一条腿

小鱼儿第一次见他，是在咖啡厅。

介绍人和小鱼儿一道，坐在一角等他。介绍人不断说着他的好处，人好、性情好、品格好。说得小鱼儿吃吃地笑。

但他却姗姗来迟。

当他最终出现在咖啡厅时，小鱼儿看到，他一瘸一拐地走到了自己面前。小鱼儿的心就有些微微发凉。

他们相对而坐，小鱼儿看着眉清目秀的他，心里有些慌，手心微微冒汗。但最终，小鱼儿没忍住心中的疑问，你的腿……

他的腿是为了在高速路上救人，被车撞的。不严重，不严重。

介绍人一边朝他眨眼一边急忙对小鱼儿说。

他慌忙起身，却被介绍人一把按住。他看着漂亮的小鱼儿，欲言又止。

小鱼儿不再敢看他的脸，满脑子却是他魁梧的身材、国字脸，小鱼儿觉得，自己的脸一定是红了。

小鱼儿和他约会，选在了风景较好的汉丰湖边。他不善言谈，却喜欢笑，笑的时候露出洁白的牙齿。

小鱼儿提议一起往湖边走走。他看了看自己的腿，缓缓低下了头。小鱼儿就和他坐着。一问一答中，小鱼儿才知道，他是个退伍老兵，参加过许多次战斗。那年小鱼儿家乡发洪水，他还在小鱼儿家门口去救援过。

正在两人相视而笑的时候，不远处却传来救命的呼喊声。他猛地站起，像换了个人似的跑了出去，小鱼儿看到，他健步如飞。

不远处，一个身材魁梧的歹徒手持一把尺余长的刀，正向一个女孩一步一步逼近。他大喝一声住手，迅速挡到了女孩前面。

歹徒愤怒地举起刀，他猛然踢出右脚。只见歹徒手起刀落，一声脆响，他的右脚竟被生生砍掉，他轰然倒地。歹徒惊呆，落荒而逃。

小鱼儿吓得半死，连忙扑上去打算抱住地上的他。他却迅速支起身子，然后指着地上的腿说，对不起，之前没告诉你，那次车祸之后，我的右腿就装了假肢。

小鱼儿迅速破涕为笑，抱紧他说，假肢多好，多好啊。

后来，就拍完了婚纱照，就选好了日期，就订好了酒店。小鱼儿不顾许多亲朋好友的劝阻，死心塌地要做他的新娘。小鱼儿说，我当你的假肢，可好？他温暖一笑，露出洁白的牙齿。

婚礼的前一天,小鱼儿却忽然打不通他的电话。焦急之中,先前的介绍人却不请自来地出现在小鱼儿的面前。小鱼儿问介绍人,他呢,他呢?介绍人一言不发,却缓缓将一个黑色的包裹递给小鱼儿。

小鱼儿不解,慌忙把包裹层层打开,里面竟是一条有破痕的假肢。小鱼儿险些晕厥,却清楚地听见介绍人哽咽着说,有个女人站在火车轨道上自杀,他飞奔过去,一把推开了那个女人,而他自己,就只留下了这条假肢。

酒店的大厅里放着忧伤的音乐,灯光伴着音乐缓缓流动。小鱼儿还是穿了婚纱。雪白的婚纱让小鱼儿格外漂亮。小鱼儿站在大厅中央,把一条假肢举到自己面前。然后小鱼儿把那条腿缓缓靠近自己的脸。小鱼儿闭上双眼,她看见他一瘸一拐地走过来,看见了他的国字脸,看见了他洁白的牙齿和浅浅的微笑。小鱼儿就把自己的唇伸向这条退,开始深情地吻它。红红的嘴唇像一尾精致的鱼,从脚趾游到了脚跟,从小腿游到了膝盖,一处一处,一点一点,遍及全部。

小鱼儿早已泪如雨下。

往 返

一

暮色渐起,少年趴在自家的羊圈上,开始数圈里的羊。数了一遍,又数了一遍,少年的眉头皱在了一块儿。怎么会少了一只?

少年跺了跺脚,迅速跑进里屋。一屋子的黑暗铺天盖地向少年涌过来。奶奶。少年摸索着拉动拉线,橘黄色的灯光迅速铺满整间屋子。墙脚的木椅子上坐着一个笑眯眯的老人,老人用手拂了一把满头的银发说,还没黑净呢。

奶,羊少了一只。少年半跪在老人面前说,我得找到它,爸回来,你对爸说一声。老人看着少年焦急的脸,用枯枝一样的手拍了拍少年肉嘟嘟的脸说,你可得小心些。

少年嗯一声,转身跑出屋子。屋外,羊圈里的咩咩声此起彼伏。

二

男人将一捆柴火丢在墙脚,披着一身暮色走进堂屋。打开灯,男人取了两炷香,点燃,然后插在堂屋靠内墙的一个香炉里。香炉上方,一个和蔼的老太爷和一个憔悴的少妇分别从两个不同的相框里愣愣地看着地面。

男人舀了一瓢冷水，咕咚咕咚地喝下。这时男人听到老人在里屋唤了声，是乔生回来了么？

男人正憋着一口水没吞下，却又听到老人说，不是乔生，那一定是云巧。

男人立刻将口里的水喷了出来。男人跑进里屋，站在老人面前说，妈，是我呢。老人笑眯眯地看着男人说，云生呐，我是在问你爹和你媳妇儿。

男人感到背后一阵凉意。男人看了看周围说，强生呢，这崽子去哪了？

少了一只羊，找羊去了。老人说。

天这么晚了。男人看了看已经擦黑的天说。男人从火塘旁的罐子里舀了一碗米饭，又端出两碗泡菜，放在老人面前的桌子上，再半蹲着递上一双筷子说，妈，我得去找强生，天很晚了。

老人拿起筷子，又放下。老人看了看男人，用竹枝一样的手拍拍他的肩膀说，你小心些。

男人嗯一声，起身就钻进了无边的黑夜。

三

夜色如墨。夜越深，黑色就越显得无限放肆，它侵染着每一分空间每一寸土地。所有的灯光都被夜色静静地包裹着，任何动作都显得异常艰难，就连声音，也被夜色全部吞噬。这一夜，无限漫长，这一夜，这个村庄无限安静，静得只有偶尔传来的一声羊叫。

四

村主任推开门，老人正笑眯眯地坐在墙脚的木椅子上，她的面前,摆着三双碗筷。碗里盛满饭,饭满得在碗里堆出了尖儿。

村主任努力地咧嘴笑了笑说,您吃着早饭呢?

老人看了他一眼说,这是晚饭,你要不要一起吃?

村主任说,天都亮了,你这时候应该吃早饭了。

老人抬起头看了看屋外说,天亮了啊。

村主任说,亮了。

老人用手摸了摸椅子的扶手,试图站起来。但身体很快就落到椅子中。村主任赶紧上去扶住她。老人看了看屋外说,羊呢,羊找到了吗?

村主任说,找到了。接着就招了招手,一个村民就抱着一只小羊羔走了进来。老人接着那只羊羔,手如梳子一样在羊的背上划过。羊羔发出咩咩的叫声。老人又把头靠在羊羔的身上,笑眯眯地说,找到了就好。

村主任把羊羔从老人手里接了过来,嗳嚅了一下。老人拍了拍村主任的肩膀,看着门外的一大群村民说,我们家的这些羊啊,都是早上放出去,晚上收回来。有的羊,吃饱了,早早地就回来了。有的懒,刚出圈门又跑回圈里。还有的呢,贪玩,怎么也不愿意回来。可是,最后,它们都得乖乖地回来。它们从哪里出去的,就得回哪里去,谁都逃不掉。

村主任就抱着羊,呜咽着说,婶儿,强生和云生回不来了。

怎么会呢,昨晚他们俩就回来了,还陪我吃饭呢。老人说,不信,你看看这桌子上的饭。

村主任继续说,真回不来了,今天早上,我们在悬崖下面找到了他们俩。村主任呜咽着说,都没了,都没了啊。

老人环顾了一下四周,张开嘴,半晌才叹了口气说,他们的胃口真小。

　　老人抬手擦拭了一下眼睛又说，这家里云生的爸爸乔生胃口最小，吃一点点就跑了。云巧也是慌得厉害，跟着她爸跑了。云生和强生这两个没良心的，昨晚还说多吃点多吃点儿，这天一亮就急着回去。去吧，都先回去吧，你们胃口小，可我饿了。

　　老人说着，猛然端起面前的饭碗，手中的筷子颤抖着翻飞，那些白亮亮的米粒，一半涌进了老人的口中，一半唰唰地掉在了地上。

老　鸟

　　春天的阳光很好，农家小院里的野草尽管在春节时被儿女们悉数打理过，但天气一暖和照样吐故纳新，该发芽的发芽，该开花的开花。

　　他把藤椅摆放在小院子的中央，再把自己放在藤椅的中央。他故意没戴老花镜，半眯着眼睛任阳光洒满全身。这时，一只燕子飞过头顶，他的目光跟了过去，发现燕子停在了自家屋檐下。他心里一紧，难道它要在这里筑巢？

　　这老屋是他亲手砌起来的，如今虽然有些斑驳，但当时却是村里少有的石头房。在砌房的时候，他就在屋檐下留了几个燕子筑巢用的木板。村里人都讲究，燕子在谁家筑巢，谁家就吉祥兴旺。从房子建好到现在，恍恍惚惚几十年间，似乎燕子也在自己

177

嘴巴里的栅栏

家里筑过许多次巢,那时候忙农活,也没怎么去留意,倒是记得有几次儿子用竹竿把燕子窝捅坏了,还没长完毛的小燕子落了一地。最近几年,却很少看到燕子再来,没想到这个春天,燕子却来了。他莫名其妙地希望,燕子会留下来。

直到第二只燕子飞来,逐渐印证了他心里的判断。两只燕子绕着屋檐飞了一阵,又停在木板上呢喃了一阵。他猜想,先前飞来的那只体型硕大的燕子是公燕,而后面飞过来身材娇小的是母燕。接着两只燕子一起飞了出去,约莫10分钟后,又一起飞了回来。他小心地摸出老花镜,清楚地看到了两只燕子的嘴里都叼着一团泥。

他为此兴奋不已。欢迎你们的到来。他在心里默默地说。他毅然起身,走进厨房升起了柴火。中午他要炖些腊肉喝点小酒,算是庆祝。

接下来的几天,吃完早饭他都会将椅子搬到小院的中间看燕子筑巢。他觉得这是眼下对他来说十分重要的一件事情,也是唯一可做的事情。他能很清楚地将公燕和母燕区别开,不管从他们的体型和飞翔姿态,同时他还能清楚记得一个上午,每只燕子来回飞行了多少趟。两只燕子来来回回之间,一只精美的燕子巢很快就有了雏形。

他感觉到自己的精神状态很好,身体里许多东西被这个春天被这两只燕子唤醒了。我不光要看它们怎么筑巢,还要看它们怎么孵化小燕子怎么喂小燕子。他对自己说。

最近一段日子,他发现母燕子一直待在巢里。而公燕子则十分勤劳地进进出出。每次回来,公燕子的嘴里都含着食物。直到钻到巢里,他还能清楚地听到两只燕子的呢喃。有次他在半夜惊醒,忍不住打开灯来到屋檐下,用手电筒照了照燕子窝的洞口,发现公燕子警惕地伸出头来。他赶紧灭了电筒,小心退回去的时候,燕子窝里又传来一阵呢喃。这呢喃声,让他心里暖暖地。

当燕子窝里传出轻微、稚嫩的叫声的时候,他心里已经把这两只熟悉的燕子当成了自己的朋友。当天中午,他又自己敬了自己一杯,他对着燕子窝说,祝贺你们。

两只燕子开始频繁飞回,窝里的叫声渐渐变大。

有天上午,公燕子进进出出飞了 17 趟。他觉得它可能有些累,就把中午没吃完的米饭倒在小院里显眼的地方。他远远观察,果然发现两只燕子很快就开始叼食那些米粒。他为此感到很快乐,晚上甚至失眠了。后来每天煮饭,他都会多煮些。

天渐渐变热,院子里的杂草开始多了起来。他之前打理过几次,但总会在雨后迅速长起来。他顾不上那些迅速生长的杂草,却惊喜地发现,两只大燕子的身后,飞出来 7 只娇小的燕子。尽管那些燕子飞不了多远,但叽叽喳喳的声音,却让小院子十分热闹。

他观察着两只大燕子的一举一动。小燕子刚刚飞起,两只燕子都会飞在它周围,不会让它们出任何意外。有只小燕子眼看飞不起来了,却被母燕子牢牢叼住翅膀送回窝里。他心里更加温暖,他知道,很快这些小燕子不仅仅能够顺利飞行,还能够自己觅食。

一切正如他预料的那样。不久之后,7 只小燕子全部长大,燕子们进进出出,如果不是对先前的两只燕子有特别深刻的印象,他甚至难以区别出哪些是长大后的小燕子,哪些是最初的那两只。而他却感到十分欣慰。

那天天气闷热，很快雷雨交加。他坐在门口，看着闪电把天劈开，看着柱子一样的雨水从天的裂缝里掉下来。风猛烈地摇曳着大树，一些弱不禁风的树枝很快被折断。他的心里莫名有了一丝恐惧。这时，他发现燕子们并没有安静地待在窝里，而是不断飞去飞回。它们甚至差点被风刮走，又努力逆风飞回来。燕子们的叫声变得杂乱无章，带着惊恐和焦虑。或许是天气太坏，吓到燕子们了吧，他想。

直到雨停之后，他发现燕子们都整齐地落在门口的电线上。他数了数，猛然发现一共只有 8 只燕子了，俨然少了一只。他又数了一遍，确定是少了一只。他仔细看了看，发现少的竟然是最初那只母燕子。他猜想着种种可能，可是直到天黑，依旧没看到那只母燕子的身影。

这一夜，他彻夜未眠。第二天一大早，他就起床，但还是没发现那只母燕子，他知道母燕子消失了，他却不敢去看那只公燕子。他发现，在那场暴雨之后，天骤然变凉。他瞬间感到了一丝寒意，禁不住咳嗽起来。

接下来一直阴雨连绵。他把自己关在屋里，升起柴火，尽量让屋内暖和一些。期间偶尔能依稀听到屋外燕子的动静，他也没有出门来看。

直到有一天，屋外似乎清静了，他才开门出来看看。他的眼睛竟然有些不适应。院子里的野草都变得枯黄了，但也有了半人高。放眼望去，地面枯黄一片，干枯的杂草、飘零的树叶遍地都是。而天空始终是灰色的，没有云也没有阳光，一阵风吹过来，凉凉的。他扭头看了看屋檐，却发现空落落的，原来燕子们早已经南飞了。

他站在燕子窝下,盯着先前热闹的巢穴有些木然和不适应。忽然传来一声燕子叫,他抬头,一只体型硕大的燕子正孤零零地站在电线上。他再熟悉不过了,这就是那只公燕子。可是它为什么没飞走呢?

他开始挥手,然后大声吆喝,甚至捡东西扔那只燕子。该飞走的时候了,它就应该飞走。可是任凭他怎么做,公燕子依旧站在电线上不动。他有些累了,就栖身坐在了地上。这时候他听到啪的一声响,那只燕子落到了地上。

当他在医院里睁开眼睛的时候,五个儿女全都围在他的身边。床头堆满水果和他没见过的糕点。他听到有孩子在抱怨不接他们的电话,有病不给他们讲等等。他努力地挥了挥手,好半天才颤抖着从衣袋里摸出那只僵硬的燕子说:把这只燕子,埋了。

门　道

大院里安静得要命。昨天晚上父母就已经给他说,今天他们要带着家丁们去干活,让他自己在家和小普玩。他伸了个懒腰,跨出房门,看见小普正在院子里射箭。

那是一把自制的弓箭,用一根竹竿弯成的弓,用一根麻绳做的弦。只见小普把一支箭放在弓上,满满地拉开,然后一松手,十米开外的一只麻雀就落了下来。

他兴奋不已。原来你还有这本事?他说,小普,我知道一个地方,有很多野兔和山鸡,我带你去。

小普立即站直了身子说,少爷,我们去不了。小普本来和他同龄,但是他们俩在一起的时候,小普明显比他瘦小了许多。

为啥? 你不想去? 他问。

不是不想去,是去不了。小普说,我爹怕我把你带出去惹祸,就把门锁了,我出不去!

他疑惑地看了看小普,然后走到大门口一看,那扇大门像两只伸开的手臂,正作欢迎状态热情地开着呢。他回到小普面前说,门不是开着吗,怎么会出不去?

小普说,你看到的是你们走的门,我们家走的门被我爹锁了。

他再次跑到门口,这才看清楚,那道小门确实是锁住了。

小门就在大门的旁边。大门宽敞开阔,而小门却十分矮小,它像个仆人一样跟在大门旁边。不仔细看,完全不会认为那是一道门,倒很像一个狗洞。因为小门的矮小狭窄,普通人从小门里过,不得不弯着身子才行。在他们家里,只有主人家的人才可以走大门,家丁们进出都只能走小门,所以小普也不例外。

他把手搭在小普肩上说,多大点事啊,你和我一道走大门出去。

小普赶紧把他的手拿下来说,少爷万万不可。这可是咱大院一直以来的规矩,家丁走大门就犯了大忌,得受罚的。

他看着小普,小普一脸严肃。他笑了说,规矩还不是人定的么? 你就跟我去试试,从大门走出去能出什么问题?

少爷,你不知道,我爹在我很小的时候就告诉我,少爷有少爷的道,家丁有家丁的门,我们不一样的。小普说。

噢? 他歪着头,装成似懂非懂的样子说,既然这样,本少爷的话你听不？

当然听啊。小普双脚一并说，少爷有事尽管吩咐。

听着，现在你听我两件事。第一，没有外人的时候不准叫我少爷，否则就是不听我的话；第二，你现在站好，让我背你。

小普连忙摆手，少爷，哪一条我都不能答应。

他立马昂起头，居高临下地瞅着小普说，嗯？

小普被他的样子吓坏了，从来没有见他有过这样的表情。小普连忙低下了头，就在这一瞬间，他背起小普就往大门跑去。小普在他背上挣扎说，少爷，你快放下我，放下我。他却一言不发，双手牢牢地把小普背在背后，一步一步迈出大门。

虽然只有几步路，到了大门口，他却已经汗流浃背。待他放下小普时候，却发现小普哭了。小普泪流满面地说，少爷。

他怒斥道，不准叫少爷，我长你几天，叫哥。

小普看着他，好半天才低低地叫了声哥。他立刻就笑了，把手搭在小普肩膀上说，小普，我们本来都一样，没什么主仆之分，我们应该走一样的门，明白吗？

小普一直看着他，好半天才点头说嗯。

但是他没想到，就在第二天，他就被父亲送到国外读书了。因为走得匆忙，加上主仆之分，他没有来得及和小普告别。而这一去，就是整整七年。

七年后的这一天，当他不得不拖着行李箱回到家乡时候，伴随他的，还有一个噩耗：日军侵略了家乡，他的父母和家丁都被日军残忍杀害，唯有小普幸存，但小普却投靠了日军！

他全身的血液都沸腾了，他无法想象小普为什么会做出那样的选择。他在国外的几年学习中，已经接受了比较先进的思想，作为组织的一员，他不得不化悲痛为力量从事着一些组织活动。

这一天，他化装成一个车夫，拉着一辆黄包车来到了自家大院附近。他远远地看到，大院的大门似乎并没有什么改变，只是门前多了日本人的岗哨。不过大门紧闭，唯有大门旁低矮狭窄的小门开着。一些日本兵在那道小门里进进出出。

这时，一个戴黑帽子的人坐到了他的车上。送我去院里。那人说。他并不抬头，直直地拉着那个人往院里走。当他走到大门口，日本兵向车上的人敬了个礼，却拦住了他。车上的人并不说话，递给他一张纸币。他接过钱调头就走，走了几步，他又忍不住回头，看见那道紧闭的大门打开了，黑帽子的人昂首阔步，从大门直直地走了进去。

他加快步子，跑到一个僻静的地方，才打开那张纸币。纸币中间，包着一张小纸条，上面写着几句话：哥，谢谢你背着我走了一次大门，我后来才想明白，家丁也可以走大门也可以选择正确的道路。小普。

他翻过纸条，只见纸条的背面，是组织期待已久的日军作战布点图。

他远远地回头看着那道大门，含泪地笑了。

冯氏汤圆

即使到了车水马龙的今天,冯氏汤圆依旧是开州一绝。在《开州日报》最近公示的非物质文化遗产名单中,冯氏汤圆与开州水竹凉席、临江香绸扇一道显得格外醒目。

沿开州大道东去,靠滨湖路前行 200 米,就会看到"冯氏汤圆"的木匾招牌,木匾上那四个龙飞凤舞的大字,相传是清朝时期从开州城走出去的两江总督李宗羲所题。

走进冯氏汤圆的大门,总会看到一个三十多岁扎着马尾辫的女人在有条不紊地忙碌,女人系着一条和面粉颜色相近的纯白围腰,双手套着碎花袖套。这个女人就是冯氏汤圆的十八代传人冯长贤的老婆李佑平。冯长贤三年前患癌症去世,冯氏汤圆的店就由李佑平经营,且经营得有条不紊,生意依旧如火如荼。除了冯氏汤圆的门面,冯长贤还留下了一个正在读高三的儿子冯李。

冯氏汤圆的厨房是开放式的,客人进店,都能清楚看到做汤圆的全过程。汤圆均由李佑平亲手做,做法十分讲究。在厨房的最左端,总放着九龙山的桂花米。相传这米的产地有几棵大桂花树,逢稻谷扬花的季节正好桂花飘落,收获时米中总有桂花的芬芳,也因此一度成为清朝贡米。贡米右边,是一副电动的钢磨,钢磨转动,糯米汁不断流出。往右,便是一溜玻璃罐装的糯米粉。玻璃罐右边的案板上,用一个特制的碾盆装着早就碾好的汤圆面。案板的前方，则是各种各样的汤圆馅。馅有红糖白糖，有土豆肉丝，有芝麻花生，还有大枣葡萄干以及醪糟、联渣脑等等。客人进店，李佑平总笑脸相迎，不出三五分钟便会根据客人要求，端出一碗或大或小，或甜或淡的汤圆来。

从早上开门到晚上打烊，冯氏汤圆总是门庭若市，客人接踵摩肩，许多人为了吃到汤圆不得不早早排队。排队的人当中，有一个戴眼镜的胖子显得特别有耐心，最近一段时间，他都坚持排到最后。一连好些天，他都幸运地成为打烊前的最后一个客人。自然，胖子引起了老板李佑平的注意。

这天李佑平在打烊前将一碗醪糟汤圆端给胖子以后，径直坐到了胖子的对面。李佑平双手托腮，问，说吧，你什么目的？

胖子口中含了个滚烫的汤圆，差点被噎着。一阵咳嗽之后，他终于缓了口气说，你倒爽快，吃汤圆还能看出目的来，不就是为了填饱肚子嘛。

就怕填不饱。李佑平淡淡一笑说，别绕弯子，开门见山吧。

胖子说，你做的汤圆真的好吃。胖子又说，我是个医生，你可以叫我王医生，大王的王。

王医生？和我有关系吗？

当然有关系。胖子说，你很快就要关门了，只有医生可以救你。

这么说来，我要给你钱才行。李佑平说，冯氏汤圆这么多年来，哪样没见过？

胖子把碗推到一边，认真地看了看李佑平说，给钱也行，不过我想要的不是钱，是人。我还是单身呢。胖子嘿嘿地笑了。

我也单身呢。李佑平说，不过你凭什么，就凭你长得胖？现在生活好,胖子多了去。

胖子又把碗端了过来,咬了一口汤圆之后,才从衣袋里掏出一张纸来,放到桌子上说,我慢慢吃,你慢慢看。

李佑平抓过那张纸,仔细看了看,边看,眉头逐渐皱了起来。

胖子笑了笑说,你可是开州的品牌呢,你仔细想想,只要你愿意,我们可以一起继续将这个品牌做大做强,否则就死路一条。

李佑平转身,进厨房。再出来时,手上多了一捧面粉。她笑眯眯地将面粉捧到胖子碗里,然后坐到他对面笑着说,你可以啊你,威胁我,继续吃啊。

胖子起身,哈哈大笑说你这女人有意思。然后走开,走的时候还留了一句话,想好了就来找我。

这天下午放学后,冯李回家,发现店门已经关了。母亲李佑平正坐在柜台前等他。刚进门,李佑平就将他拉进厨房说,今天没做晚饭,你做碗汤圆给我吃。

冯李大为不解,但看着母亲一脸严肃,便钻进厨房,挽起袖子开始和面。李佑平只在旁边看着,一言不发。接着冯李装馅儿、下锅、打汤、走盘,一气呵成。10 分钟后,两碗圆润的汤圆就端了出来。

李佑平端起一碗,用筷子打开一只汤圆,用鼻子闻了闻,然后将碗放下。

点评一下我的手艺?冯李有些自豪。

那就点评一下,想当第十九代传人,还嫩。李佑平说,冯氏汤圆的精髓在于和面、装馅儿和火候。你三个方面都不行。就这手艺,哄媳妇儿都难。

该怎么办?冯李问。

再煮。李佑平说。

冯李转身,再次和面,装馅儿。不一会儿,又端出两碗。李佑平照例打开一只,只闻不吃。之后眉头一紧说,再煮。

冯李再次进厨房。

如是三番,桌子上放了 10 碗汤圆,李佑平依旧眉头紧锁不说话。冯李却不干了,说,我煮不好,不煮了。

再煮!李佑平厉声喝道。

冯李吓了一跳,他从没见母亲这么大脾气,赶紧做了个鬼脸说,好,好,我煮,我煮行了吧。

这次冯李进厨房,刚挽起袖子,李佑平却拉住了他。明天,要填高考志愿了?李佑平问。

对啊,我正打算给你说这个事呢。冯李说。

不煮了。李佑平说,去把煮好的吃了。

妈,你什么意思?冯李不解。

其实,你做得不错。真正的关键,在馅儿,咱家的秘方就在馅儿里。没秘方你永远都做不出真正的冯氏汤圆。

那你还反复要我煮,是考验我的耐性?

妈就是看看,你听不听我的话。李佑平有些哽咽了。

听啊,你是一家之主当然听你的。冯李没说完,却被母亲紧紧抱住。冯李愕然。

第二天一早,胖子照例来吃汤圆,却见冯氏汤圆店里一个客人也没有,只有李佑平静静地坐在柜台旁。胖子找张桌子坐下,李佑平就将一碗醪糟汤圆端到了他的面前。

胖子嘿嘿一笑说,想好了?

想好了。李佑平淡淡地说,今天就关门。

胖子听罢立刻起身。这可是上百年的招牌，说关就关？你这个女人，看不上我不要紧，却不能当冯氏的罪人。

李佑平按住他的肩膀让他坐下，并把一张纸轻轻铺到他面前说，我昨天去进行检验了，你说得没错，我们的家传秘方里果然含有致癌物质。就凭这，必须得关。用一块招牌去损害大众的健康，那才是罪人！

你总该为你儿子想想吧？他可是第十九代传人。胖子说。

李佑平把两手撑在桌子上，微笑着对他说，忘了告诉你，昨晚我刚为他填完高考志愿，我们母子同心，报了食品监管方向的专业。

也不考虑我们俩的事？胖子又站了起来。

你帮我找出了问题，我得感谢你啊。李佑平示意胖子靠近。胖子赶紧凑过来，听见李佑平在他耳边轻声说，其实，你这人不错。

胖子脸上立刻荡起微笑。

但是，人品不行。李佑平突然转身，厉声喝道，滚！

胖子全身颤抖。

骨头里的呐喊

她本是一个弱不禁风的女子。她在自己的闺房里一天一天数着日子长大。所幸的是，她自幼喜欢琴棋书画，弹琴作画成了她生活中最重要的部分。

如果不是因为战争,她是不会离开自己的闺房。那样的日子虽然空间狭窄,却充实而安稳。

　　战争的火焰在一个傍晚烧到了她的家门口。啸啸马嘶声打破了她正在做的一个梦。接着她听见了刀与刀的碰撞声,看见了血像一朵朵鲜花一样不断在自己的窗户上盛开。不断有人倒下,不断有人尖叫和怒吼。她慌乱地打开门,踏着火焰,踏着一具具带着体温的尸体,奔向黑夜。

　　她不知道自己是怎样倒下的。当她睁开眼的时候,一匹高大的骏马正站在自己的眼前。马上有一张微笑的脸。

　　你醒了? 那人跳下马。身上的盔甲正嚓嚓作响。辽人入侵,我们来迟了。我们在路上遇到了昏倒的你。

　　她努力地抬起头,看见云朵像血一样把天空染成红色。我的家人呢,其他人呢? 她翕动着嘴唇。

　　那人叹了口气说,除了你,没有人是幸运的。

　　这时一个士兵走了过来。将军,所有尸体都已经掩埋好了。士兵说。

　　将军? 你是将军? 她睁大眼睛,看着眼前这个身穿盔甲的男人。

　　是的。将军点点头。将军把目光移开,看着远方。我们要走了,辽人还在作乱。将军说。

　　带上我。她努力把自己撑起来。带我跟你们一起走。

　　女人在军队里,不方便。士兵说。

　　求你。她的目光带着一丝哀求。

　　将军动了动嘴唇,又看了看她。将军转过身来,向她伸出了自己宽厚的手掌。

此后将军的队伍里，多了一个瘦小的身影。每一次出征，这个身影都会出现在战场上，她不会舞刀弄枪。却会用她嘹亮的嗓子呐喊。杀呀，杀呀。她对着将军的队伍总这样大声地喊着。这样的喊声常常在激烈的战场上显得空旷而苍凉。将军带着他的队伍，跟着她一次一次呐喊，杀呀杀呀。在这样的喊声中，将军的队伍像一支箭一次又一次奔向敌人的心脏。

终于在一次呐喊声中结束之后，她做了将军的女人。她知道，她那本来无力的呐喊，是将军所向披靡的动力。

将军战死于一个傍晚。一支带着毒液的箭射进了将军的胸膛。将军从马上落下来。将军的队伍顿时大乱。将军感到天在旋地在转。将军看到所有的士兵都在盲目地奔跑。将军把眼睛睁大，叹了口气。

这时将军听到了她的呐喊。杀呀杀呀。她喊着，带着哭腔。杀呀杀呀，她喊着，你起来杀呀。将军看见她瘦小的身影在马上努力摇曳。慢慢地她的喊声远去了，将军脸上有了微笑，手猛然垂了下来。

她被带到敌人的军营，和将军的头颅一起。这就是她的女人。一个敌兵指着她说。

她抬起头，用沙哑的嗓子说杀呀杀呀。

她能做什么？陪男人睡觉？还是喊杀呀杀呀？敌人的头领站起身来，用手捧起她瘦小的头颅，然后猛地扔开，说，把她的腿割下来，再送回去，看她能做什么。敌人的头领嘿嘿地笑了。

她愤怒地看着敌人，从口里吐出一口唾沫。她说，杀呀杀呀。

将军，她在他们的队伍里就负责这样呐喊。

哦？是吗？敌人的头领又笑了。把舌头也给我割下来，她还能吗？

　　当她再次被送回军营的时候,她已经成了一个不能行动的哑巴。她拒绝了所有人的关心,抱着自己血肉模糊的双腿,她把自己关在了一间柴房里。整整三个月,没有她的一点音讯。

　　三个月后的一天,两军开战。空旷的战场上,敌人气焰嚣张。眼看敌人一批一批压过来的时候,一阵悠扬的笛声骤然响起。

　　这笛声由远及近,仿佛从地底下幽怨地飘出来。时而轻而漂渺,时而掷地有声。其间带着潺潺的鲜血和刀与刀的碰撞,带着呐喊和跌倒,带着呻吟和哀号,带着思念和愤怒。带着倾诉和回忆,带着期待和向往。笛声最高处,竟有几匹野狼在远处嗥叫。

　　所有的士兵都为这笛声震撼。在笛声中,他们仿佛看见原来的将军正挥着大刀带着他们冲杀,仿佛听见原来的她在大声地喊杀呀杀呀。这时笛声一下子高亢起来,如战鼓齐鸣,如雷霆齐发,如洪水决堤如野马脱缰。士兵们立刻斗志昂扬,一鼓作气,向敌人冲去。

　　当敌人纷纷投降的时候,当胜利降临的时候。笛声已经停了。士兵们看见,一辆马车从远方驶过来。马车上,一动不动坐着她。有人赶紧迎上去,看见她手中的笛子不禁哑然失色。

　　那笛子……

　　所有士兵围上去一看。她手中拿的,竟是一根人的小腿骨,只是那根骨头表面光滑如玉,透着寒光,上面打着 7 个幽深的小孔。再看她,面带微笑,嘴角有血。用手一摸,早已经气绝身亡。

　　"哗"的一声,所有士兵齐齐跪下。

石头记

　　东方渐白,一枚鸽子蛋大小的卵石在灯光下被照亮。卵石晶莹剔透,细腻光滑。接着卵石被人一口含住,冰冷滑腻的感觉充斥着口腔。随着一声读,卵石在口中跳跃,上下翻滚,带出一串含混不清的发音。

　　一个时辰之后,卵石从口中取出,已经带着人的体温。卵石被一双大手洗净,放到一个朱红色的盒子中。同时,一个童音逐渐清爽起来:人之初,性本善。

　　卵石熟悉这个孩子,亦如熟悉孩子的父亲。

　　孩子的父亲是这一带有名的说书人。说书人巧舌如簧啊,他的口里有山川有河流,有过去有未来,有耕种也有战争,有眼泪也舞蹈。他的一张嘴就是生活的全部。

　　孩子 5 岁的时候,卵石在河边被说书人拾起,从此,许多个清晨,卵石都在孩子的口中舞蹈。卵石感受得到,孩子从最初的娇弱,到后来的矫健。5 年后,卵石再从孩子口子出来时,孩子已经能说《三国》讲《水浒》,孩子有板有眼,字正腔圆。说书人看着卵石满意地笑了。

　　官兵降临于一个夜晚,卵石被一把抓起,然后塞进了孩子的怀中。孩子的惊叫被一只大手牢牢捂住,另一只大手抱着孩子在空中飞了起来。空气中,有着血腥的味道,鲜血在窗户上盛开,房屋在火焰中坍塌,吆喝声、马蹄声、犬吠声渐行渐远。

孩子在一个小女孩清澈的目光中醒来。孩子慌忙坐起,女孩双手托腮咯咯地笑。随后一个男人出现在小女孩身后,女孩扭头叫爹。男人笑笑,将一个朱红色的盒子递给孩子。孩子慌忙打开,卵石正静静躺在里面。

孩子潸然泪下。我爹呢,我爹呢?

男人厉声道,今天起,你叫念,你不再是说书人李安的儿子。李安一家犯重罪已经被诛。男人指着小女孩说,她是你的妹妹,叫慈。

接下来的日子,慈成了念生活中很重要的一部分。卵石依旧会在念的口子舞蹈。取出卵石,除了滔滔不绝的故事,念的嘴里还有了流水与雨滴,有了琴弦和鸟语,念的嘴在舞蹈,舌头在舞蹈,念的面前,是慈婀娜多姿的舞蹈。

念去到宫中时,正好十八岁。这得源于一次偶遇,念在湖边遇到一名和自己年纪相仿的少年。两人一见如故,念口若悬河,滔滔不绝,让少年很是喜欢。几日后,念被召进皇宫,那少年,正是万人之上的皇上。

卵石被再次装进朱红色的盒子,呈放于大厅之上。念依旧会打开盒子,却并不把它放到口中,念对它述说,对它歌唱,也对它哭泣,念还对着它跪拜。这颗静静的卵石,却深深怀念着念的体温,有了体温,卵石才是活的。从第一次被含到口中,卵石就变成了念的一部分,它能感受到他的一切。

这日,念终于把卵石含在了口中。但卵石却感受不到念舌头的跳动。念沉默了,最后取出卵石,问,如果当时你在我口中,我会说出世间有个美丽的慈吗?说不出,一定说不出。可现在,慈已是皇妃了,她再也不会为我跳舞,连见一见都难！卵石的身上,残存着酒味。

卵石依旧被呈放在大厅之上。朱红色的盒子许多次被打开,也被许多目光景仰。卵石看见念的嘴边有了胡须,念的身后有了形形色色的人。念说,这就是我的那粒放入嘴中的卵石,如果没有它,就没有我伶俐的口齿。卵石通体透明,闪着光。只是很久很久,它再也感受不到念的体温了。

这个夜晚,似乎是十年后或者是二十年后的夜晚,念一个人回到了家中。卵石被取出,念端详着卵石,卵石看到念的脸饱经沧桑,皱纹间溢满泪水。念说,直到现在,我才明白,舌头本是灵巧的,让你来到我的口中,不是为了让它更灵巧,而是要阻止它的灵巧。而我,偏偏将你取出,置于盒子之中。以后,再也不让你离开我了。话毕,念一口含住了卵石。

卵石被舌头托起,慢慢变热。

念很快被人架起双手,然后被皮鞭抽打。卵石感受得到念的每一次疼痛,每一次呼吸。现在卵石似乎已经长在了念的舌头上,成了念的一部分。

一个声音厉声问道,说,你与慈皇妃的父亲究竟是什么关系？你是不是当年口出狂言被诛九族的李安之子？说！

卵石躺在念的舌尖,它的重量似乎压住了曾经跳跃的舌头。舌头一动不动,静若磐石。念的呼吸均匀,有血从口中汩汩流出。这是卵石在念的口中待得最长的一次,不是几个时辰,甚至不是几天,它有了恒定的体温,还有了血液,卵石活了。

活了的卵石,最后有了一次飞翔。念的头,从一把刀的刀刃上出发,飞出了一个漂亮的弧线。念没有松口,头却重重地落在地上，嘴被摔裂，卵石顺势滚出，卵石此时浑身是血，在地上几番翻滚之后，沾满灰尘和渣土。

卵石静静地躺在地上，没有血液也没有呼吸，与其他石头无异。没有人相信，它会出自于人的口中。谁会在自己的嘴里，放一颗石头呢？

王的疼痛

在王的养心殿门口，将军被拦了下来。侍卫说，王有令，不想见将军。

这一次，将军专程从南疆赶回来见王。他有整整十年没见到王了，一路上将军的内心激动不已，他觉得一刻也不能耽搁，他相信王一定会迫不及待地想见他。但没想到，结果竟然相反。

将军把双手叉在腰间，来回踱着步子，盔甲和佩剑顿时霍霍作响。片刻之后，将军从腰间取下一块玉佩交给侍卫说，请再去禀报，把这个交给王。

很快，侍卫就传出话来，王请将军持刀觐见。

将军惊诧不已，为何要持刀？思索片刻之后，将军还是接过了侍卫手中那把明晃晃的大刀。

侍卫在前，将军在后。朱红色的走廊两旁全是垂柳，其间是随处可见的假山亭榭。一种久违的熟悉感顿时迎上心头，将军禁不住一声叹息。

走进大堂,侍卫赶紧退下。将军尚未站定,就听到一个浑厚的声音说,本王不想见你,你却拿出本王送你的玉佩,说吧,见本王何事?

将军循声望去,只见一把金黄色的椅子背对大堂。椅子上王的背影如衣架撑起王袍,几束花白的头发醒目地从椅子空隙里透出来。

将军说,我连续呈了八道帖子,王可曾收到?

王说,逐一收到。

既然收到,王为何视而不见?将军提高音量说,我和战士们镇守边关多年,历年王都拨款拨粮,为何今年迟迟不拨?

王说,还有何事?

将军皱起了眉头说,看来,王真是置我和边关将士不管了。难道王忘记了,你我情同手足,你真不顾我的死活?

王哈哈大笑一声说,我怎会忘记?我年少时习武,陪我练剑的是你;我登基那年,有人要谋反,冲锋在前的是你;登基之后,外敌频频来犯,主动驻守边关的还是你。我把自己随身携带的玉佩给你,就是把你当自己的手足一样看待。

那么,为何现在这般对我?将军说,或许王无法想象,边关有多艰苦,将士们有多艰难!

王说,南疆就如我朝的一条大腿,你的疼痛,我怎么会不知道?这些年来,我们通过联姻,辽人和我朝关系一直平稳,你驻守以来无一天战事,本王从不缺你一粮一草,你在边疆天天歌舞升平,难在何处,苦在何处?王又说,你可知今年,内地蝗灾四起,数万百姓食不果腹,是他们难还是你难?

将军说,内地受灾我自然听说,但这不能相提并论。没有边疆的安宁,何来内地的稳定?

王叹了口气说,爱卿,你离开京城多少年了?

将军说,不多不少,正好十年。

王说,十年了,你知道十年会发生多少变化么?说完,那把金黄色的椅子缓缓转了过来。

将军看到,王花白的头发下面,是一张布满皱纹的脸。王瘦小的身子搁在椅子中间,若不是两只手扶住扶手,似乎立刻就要倒下去。王的身旁,醒目地放着一根拐杖,将军看到王的左腿似乎萎缩了一半,直直地挂在身子上。将军睁大眼睛说,王!

王挥了挥手说,你不必惊讶。这就是十年来的变化,你之前看到的王已经老了,而且还废了一条腿。

将军凑上前说,这是什么时候的事,怎么会变成这样?

王看了看他说,把你手里的刀拿过来。

将军随即一愣说,王为何让我带刀觐见?

我是想让你试试,割我左脚一刀看疼不疼。王说着,撩起左脚的裤腿,露出干瘦的肌肤。

将军赶紧跪下说,王,万万不可。

你不敢?王哈哈一笑,说时迟那时快,王一挥手,就从桌上抓起一把匕首,一道寒光闪过,匕首直直插入王的左腿。顿时,鲜血直流。

王!将军惊呼,赶紧上去扶王,却被王一把推开。

王说,你是不是觉得我很疼?不等将军回答,王又说,这条腿自从废了以后一直是麻木的,毫无知觉。

怎么会不疼?将军疑惑。

王一把拔出匕首,吹了吹上面的血说,如果疼,我还能这样?

这条腿健康的时候,哪怕有一丁点不舒服我都知道,可是废了以后我才明白,我们感到有些地方疼痛,其实是错觉。真正的疼痛,并不在那里。

在哪里?将军依旧不解。

王看着将军,一动不动地看着将军,将军不由得打了个寒战。半晌,王才指了指自己的头说,在这里。所有的疼痛其实都在这里。当头感觉不到某个地方疼了,那个地方一定是废了,烂掉了,就像这条腿。

将军顿时额头冒汗,手中的刀悄然滑落。这时却听见王大声说,你退下吧,把那把刀带回去!

泪　疾

这一生,我只流过三次泪。老人坐在我面前,伸出三根枯树枝般的手指对我说。除此之外,我哭过许多次,嚎过许多次,但就是流不出泪水来。我想看看,究竟是什么原因?

为了便于了解病情,我说,你具体讲一讲这三次流泪的经历吧。

老人闭了一下眼睛,好一会儿才说,好吧。

第一次,是在我八岁的时候。那天发生了两件事,第一件事我爹死了。第二件事是我爹死的同时,我养的一只猫也死了。我爹死了我一点儿也悲伤,这很正常,从我出生开始,他就一直打我,他最受不了的是不管他如何打我,就算打得皮开肉裂,我一滴泪都不流。他说我看他的眼神带着仇意,还说不把我打出眼泪来就不是我爹。所以他有事没事就打我,好像打我是他的一个任务一样。但是很遗憾,直到他突然倒地的那一刻,我都没流一滴泪。当大家惊乍乍地去扶他时他已经断气,可是大家把他的尸体移开之后,我却流泪了。他的尸体下面,压着我心爱的猫,猫已经变得冰冷了。这只猫几乎和我同龄,每天晚上它陪着我睡觉,许多个害怕的晚上都是这只猫陪我度过的。每次我爹打我之后,我都抱着它,它甚至还默默地给我舔伤口。而现在,看到它被爹的尸体压得面目全非的样子,我的脸上潮湿了,我知道,以后虽然没有了毫无征兆的殴打,但更没有了这只猫的温暖。那一刻,我听到周围的人说,这孩子,对他爹还是有感情的,这还是他第一次流泪呢。其实只有我自己知道,我是为了我的猫落泪了。

第二次,是我三十六岁的时候。那次,同样发生了一件不幸的事情。我16岁的儿子到河里游泳,淹死了。我这个儿子,我从来没有打过他。从我爹身上,我吸取了教训,打是没有用的。所以从我儿子一出生开始,我就不主张用打这种方式教育他。相反,我特别宠爱他。他就是要天上的星星,只要给我时间,我都会替他摘下来。有一年冬天,他要吃李子,那时候没有大棚和反季节水果,我足足花了两个星期时间,从南方专程给他买了几斤回来。他渐渐长大,在学校读书成绩一直不好,可是我从不要求他,只要他自己开心就行。那时候我经常以儿子的开心为开心,以儿子的不开心为自己的不开心。可是到了后来,我渐渐地就管不住他了。他要吃黄鳝,我大冬天到水田里去掏,掏回来他说不想吃了,要吃蛇肉。重要的是,他14岁的时候,就悄悄钻进了他婶婶的被窝。15岁的时候去爬他女班主任老师的床头，被打折了腿。16岁那年，他竟然把目光对准了他的妈妈我的老婆。那天是个夏天，天气极热，我对他说，儿子，我们一起去游泳好不好。就像小时候一样，爸爸带你一起游。儿子瞟了我一眼，说，你是得教我游泳，我到现在都还不会游呢。我就带着他去了河里，一路上，他走得很快，根本不等我。到了水里，他开始怕水，立马往上退。我拉着他的手，鼓励道，别怕，有我在呢。于是他大胆跟着我往前走。水越来越深，越来越深，我不得不托着他游了一段，一直到了河中央，我猛然潜水丢开了他。当我游到岸边的时候，看见河中央的他在不停地扑腾，水花溅起老高。可渐渐地就小了下去，直到湖面平静，我才发现自己脸上一片潮湿。我最初以为是河水，但我很快就发现，是咸的，是泪。

第三次，就在前年。还是一件不幸的事情。我老伴被汽车撞死了。其实我老伴是落荒落到我家里的，然后就稀里糊涂和我结了婚。结婚前几年还算正常，自从儿子出生以后，她就什么事情也不做了，专程带儿子。她把我赶到另一间屋睡觉，儿子和她的空间不让我踏入半步。后来儿子淹死了，她就彻底不正常了。几十年来，虽然我们是合法夫妻，住在同一个屋子里，但却形同路人。她吃她做的饭，我穿我自己洗的衣服，更别说睡一张床上了。我们之间没有争吵、没有打架，甚至说的话都历历可数。有一次我病倒了，高烧至昏迷，她就在屋子里过往也没多看我一眼，后来还是我侄儿把我送到医院才捡回一条命。可就在前年的一个早上，她去锻炼的途中被一辆农用车撞死了。作为家属，我在第一时间被通知去了现场，她被撞得很惨，头部几乎没有了。如果不是和她一块去锻炼的人反复强调过程，我甚至认为倒在血泊里的根本不是她。在我看来,她的衣服、体型都无比陌生。肇事的农用车司机并没有跑,那人蹲在地上,瑟瑟发抖。他的旁边,还有一个女人和一个小孩。很明显,女人是他老婆,小孩是他儿子。女人牢牢地抓住男人的手,而他的儿子,拿了一张手绢,在他的额头帮他擦汗。我看着他们这一家子,忽然觉得脸上冰凉,一抹才知道,我流泪了。

老人说到这里,叹了口气。看着我问,你看看,我是不是生理上有什么问题,是不是泪腺坏了。

我拿起仪器,照一照之后,平静地坐到了他面前。我说,目前看来,你的泪腺没问题,正常情况下,你还会流第四次泪。

什么时候呢?老人显得迫不及待。

你少年丧父、中年丧子、老年丧妻,人生三大不幸全都摊上了,你却没有为这些事情本身而流过一次泪。那么你是否想过,当你要离开这个世界的时候,你回头看看,会不会为自己流一次泪?我说。

话毕,我惊奇地发现,他眼里已经泪水盈盈。

畅饮疼痛

在基拉米到来之前,快乐庄所有人都过着与现在截然不同的生活。

快乐庄是一个多么快乐的地方啊。这里的山青得发绿,这里的水绿得发亮。树儿整齐地伸出热情的双手,花儿开成心的形状,风儿总是柔柔地拂过,蝴蝶飞舞着漫天霓裳。鱼儿自由地游弋,鸟儿快乐地歌唱。快乐庄的天空永远是蓝色的,蓝色的天空里永远飘着几朵白云,白云的旁边永远挂着几道彩虹。

快乐庄的每一个人都带着微笑,每个人都长着洁白的牙齿。他们从来不懂得忧伤,每个人都是一种可移动的快乐。他们见到任何人都会热情地招呼,都会热情地拥抱。他们说,张三你好啊,李四你好啊。他们习惯帮助那些需要帮助的人,习惯把自己的快乐带给别人。最为神奇的是,只要能帮忙别人,他们可以把自己的任何东西给对方。张三不小心把自己的手臂弄丢了,李四看见了会立刻把自己的手臂取下来给他装上。李四的指头无缘无故少了一根,王五看见了就会马上掰下一根送给李四。李四会因为张三装上了自己的手臂而变得完整感到快乐,王五会因为帮助了李四而感到快乐。张三则会因为接受了帮助感到快乐。在快乐庄,没有人不是快乐的。这里的任何一个地方,任何一丝空气,无不洋溢着快乐的影子。

可是基拉米来了。

基拉米就像一只苍蝇,一定是快乐庄某个人不小心打开了某扇窗户,在他尚未意识到不妥的瞬间溜进来的。基拉米穿着一套黑色的衣服,这是快乐庄从来没有的颜色,所以他一出现就那么醒目。他由远而近,先是一个黑点,然后黑点开始变长、变粗。最后看清楚了,他就是个黑色的人,除了眼睛里有一丝光亮外,浑身上下没有一点其他的颜色。他张开双臂,每只手上都提着一只黑色的大桶。脖子上还挂着一个黑色的水壶。他如此不堪重负却又赤着一双黑色的脚,他缓缓靠近,一直走到快乐庄的中心位

嘴巴里的栅栏

置——快乐广场。

谁知道他是从哪个鬼地方来的呢？现在这个黑色的家伙，在快乐广场一屁股坐了下来。然后他闭上了双眼，像一座山一样，一言不发。

他的出现立刻引起了所有快乐庄人的注意。大家迅速涌到基拉米的周围。快乐庄的庄主，那个长满白胡子的老头，他的脸上洋溢着笑容，然后在基拉米的身旁愉快地转了个圈。可是基拉米动也没动一下，依旧闭着双眼。

他是不是饿了呢？有人说着，然后就放了一块喷香的面包在他面前。

他的衣服，怎么那么破旧。又有人将一件崭新的外衣披在他的身上。

你看他的脚，你看他的手，你看他的脸，看他的眉毛、胡子、下巴……快乐庄的人纷纷行动起来，他们要把自己快乐毫无保留地传递给这个外来人。

所以，当基拉米最终睁开眼时，他身旁的面包堆成了小山，衣服码成了一条长龙，除此之外，还有一些鞋子、帽子、头发、胡须和手臂、脚趾、大腿等等各种各样的物品。

基拉米看了一眼他的周围，所有人都满脸微笑地看着他，等待着他。但基拉米没有笑，他的脸变得更黑了，脸上的皱纹缓缓折起，下巴拉长。这样的表情，是快乐庄的人从来没有见到过的表情。如果不是亲眼所见，他们简直不敢相信人类还可以有这样的表情。

唉。基拉米发出了一种奇怪的声音。然后他取下胸前的水壶，打开身边的一只桶，用水壶装了一壶桶里透明黏稠的液体。

基拉米张开了嘴,一口气将整整一壶液体倒进了嘴里。快乐庄的人看到,他扬起的脖子变粗了,他的脸上在抽搐,肌肉在跳动。片刻之后,他长长地舒了口气,用舌头舔了一下嘴巴边缘。这下,他的脸上恢复了正常。

那是什么液体,看样子很好喝?有人说。

你为什么不分享呢,在快乐庄,快乐都是要分享的。庄主呵呵地笑着说。

基拉米瞟了他一眼,并不理他。

我得尝尝。说着庄主伸出了手。

别!基拉米大叫着,站起身来。

但是已经迟了,庄主在桶里抓了一把那种黏稠的液体,呼啦一下就吸进了嘴里。

甜的,是甜的,真甜啊。庄主欢呼起来,他挥舞着双手,又开始往桶里抓。

我也要喝,我也要喝。就在一瞬间,整个快乐庄的人都扎进了那两只桶里。人们用手,用各种容器,捧着、端着那种黏稠的、甘甜的液体畅饮起来。享受着他们从来没有喝过的味道。

直到喝完最后一滴液体,人们才发现,基拉米的脸又拉长了,他脸上的肌肉又开始了抽搐。

这时人群中有一个人翻滚起来,突然哎呀哎呀地大声叫唤。

这是怎么了?庄主和其他人赶紧俯下身安慰他。那个人一边翻滚一边叫着,难受,太难受了。

就在这时,另一个人像以往一样取下了一只胳膊。但这个人马上就翻滚到地上,发出痛彻心扉的叫唤声。他那只断下来的胳膊,喷射出大量红色液体。

不一会儿,所有人都感到了身体的难受。就连快乐庄的老庄主也捂住了胸口,他感到了身体里前所未有的难受,这种难受从骨头里开始,由里及表,蔓延到每一寸肌肤每一个毛孔。他再也不敢碰自己的手指,更别说取一只胳膊和大腿了。

庄主捂住胸口,这时他看见了基拉米,这个黑色的家伙,他漠不关心地站在旁边一动不动。

你给我们喝了什么?

疼痛!基拉米说。

疼痛,这简直是世界上可怕的毒药。庄主叫了起来。现在我们全部中毒了。庄主发现快乐庄的每个人都在叫唤,他们的脸上,不再有笑容,都在抽搐,都在难受。

就是这个怪人,是他害了我们。人们叫了起来,一边叫唤着一边围住了基拉米。基拉米垂下头,看不清他的表情。但他一动不动,一言不发,像一根发霉的柱子。

杀了他,他是放毒的人。人们高叫着,还我快乐庄,还我们的快乐。

杀了他,杀了他。喊声越来越大。伴随着喊声而来的,是木棍,是石头,是尖刀。基拉米的头顶,已经被人们的叫唤声和衣袖遮住了阳光。基拉米的天空很快就红了,然后彻底黑了。

人们总算有些疲惫了,才慢慢散开。现在基拉米留给快乐庄的,除了几片衣服碎片,就剩一摊红色的液体了。他的两只木桶和水壶,早已经变成了粉末。

快乐庄的庄主,那个曾经快乐的老头,这时发现了一个可怕的事情。快乐庄的山不再青了,水也不再绿了,鸟儿停止了叫声,蝴蝶不知去了哪里。彩虹消失了,天上竟然盖着一层黑色的云。

老头仰起头,看了看幕布一样的云小声地说,他做错了什么?是他逼我们喝的那种可怕液体了?

不是,他阻止了,是我们自己抢着喝的。

他没告诉我们喝的是什么吗?

说了,他分明说了那是疼痛!

老头盯着那摊红色的液体说,可是你们瞧瞧,我们刚才干了什么好事?

我们杀了他!

我们快乐庄竟然杀了人?

怎么会这样,怎么能这样?老头双眼模糊了,但他依旧看见许多人正和自己一样,用手猛然捶打着胸口。此时,那个地方升腾起一种难受,这种难受从骨头里开始,由里及表,蔓延到每一寸肌肤每一个毛孔。

我为什么会笑

一开始,是两个男人在打架。一个男人高大,一个男人矮小。高大的戴眼镜,矮小的没戴眼镜。高大的拧住矮小的头发,矮小的扯住高大的衣服。拳头和拳头,胳膊与大腿,谩骂和叫嚣,唾沫和血珠,你死和我活。

自然,就有围观的人。停了车,驻了足,扭了头。男人和女人,老人和小孩。一个个,一圈圈,一层层。

笑声就在这时响起。最初很小，像破土的种子，继而发芽，伸腰，开花。很快就郁郁葱葱，漫山遍野。笑得变调，夸张。

众人扭头，搜索，只闻其声不见其人。

谁？笑什么？

谁不重要，太好笑了，不能不笑。一个声音回答。

打得你死我活，你还笑？又有人问。

不笑不行，不信你们看看，看了就知道了。

众人回头，两个男人仍在打架，你死我活，誓不罢休。

忽然一道白光闪过。高个子丢开了矮个子的头发，矮个子松开了高个子的衣领。矮个子开始奔跑，高个子开始追逐。一前一后，一步紧跟一步。高个子扔掉了眼镜，矮个子抛掉了外衣。高个子越跑越矮，矮个子越跑更矮。手变短，皮变白，胡须开始褪去，皱纹开始舒展，两个男人变成两个少年。两个少年继续奔跑，继而双膝着地，牙齿开始脱离，双脚换作四肢，奔跑变成爬行，一前一后，一快一慢。之后，两个婴儿趴在地上，艰难地翻身，拳头粉嫩。

忽然，又一道白光闪过。两个婴儿迅速从地上站起，一前一后，摇摇晃晃，步履蹒跚。越走越快，由走变跑，由跑变追。幼儿由小变大，两个少年身着长衫，微风扬起头巾，毛笔着墨竹简。竹简化作利剑，少年变成青年。青年紧紧追逐，胡须在空中飘扬，长发罩进长帽，靴子绣满花纹。两个青年弯腰，长衫变成灰袍，菊花盛开在脸上，白雪飘落在发梢，蚯蚓爬上手臂，拐杖长在了掌心。两根拐杖轻敲路面，先后落在地上。拐杖旋转，翻滚，变大变粗变长，裂开口子，黑色，深邃，伸出舌头，两个佝偻的身体被吞噬，被掩盖。两口棺材，搁在地上一动不动。

忽然,一声巨响。棺材裂开口子,探出两颗蓬乱的头颅,两根草绳分别系在发梢。两具古铜色的躯体开始跳跃,树皮穿在上身,兽皮系在腰间。弓已上弦,箭已磨尖,赤脚踩断荆棘,猛兽已被驱赶。风在吹,雪在下,树皮褪去,兽皮脱落。两具身体蹲在木头前,手在转动,烟在起,火在燃烧。雷在响,电在闪,大雨浇灭了火焰,两个赤裸的身体开始变小,两块石头在手中挥舞,一个核桃被砸开。头发在变长,嘴巴在凸起,眼睛被深陷,两个浑身是毛的婴儿躺到了地上。

忽然又是一声巨响。两只大猩猩猛然跃起,黑的毛,黑的眼。它们龇着牙,拍着胸,一前一后,一高一矮,越过草地,跃上树梢,长臂翻飞,身轻如燕,树被扔开,山被扔开,无数线条,无数颗粒,无数影像,看不清来不及。

一道白光闪过。两只小猴跌落在地上,翻滚,撕咬,尖叫,龇牙。它们跃上树梢,勾住树枝,倒挂,荡漾,几粒野果簌簌而落,两只小猴悄然落下。

风往上,脸朝下,两声闷响,一道白光。两只乌龟把头缩进了龟甲,两条鳄鱼愣愣地趴在地上。两只飞鸟盘旋在上空,两朵浪花摇曳在前方。浪花变成巨手,森林,乌龟,鳄鱼,飞鸟统统揽入怀中。两只对虾追逐着两个椭圆形生物,海藻在水中来回荡漾。海浪一波接着一波,从沙滩上退回,从巨大的岩石上退回。海在收缩,越来越小,小到干涸,裂口。一条河的水在飞快倒流,从岩石的缝隙,从瀑布的底端,从草的根部到草尖。草的上方,两根倒挂的冰柱晶莹剔透,两滴水迅速从草尖分别飞到冰柱的尖端。阳光下,这两滴水一大一小,透明,修长,闪光。欲上,也欲下。

这时,笑声再次响起。你们看清楚了么?

围观的人们一阵哆嗦。两滴水，你笑什么！

对，两滴水打架，不好笑么？一大群人看两滴水打架，不好笑么？

我捂住肚子，迅速从人群中退出，越过许多文字，越过电脑屏幕，回到我的书桌前。我轻击鼠标，关上电脑，狂笑不止。